100分間で楽しむ名作小説

神童

谷崎潤一郎

角川文庫
24083

目次

一

春之助の通っている小学校では、教師でも生徒でも、一人として彼の顔を知らない者はないくらいであった。上は校長から下は小使に至るまで、自分の学校の高等一年生に春之助という神童がいると、口々に評判をして褒《ほ》めそやした。

彼は一年の時から始終抜群の成績であったが、最も有名になり出したのは、尋常四年生の頃である。或《あ》る日教師が作文の時間に「天の河」という題を出した。すると春之助は二十分ほど考えた末、「先生出来ました」と叫んで石盤へすらすらと二行ばかりの文句を認《したた》めた。教師がそれを読んで見ると、意外にも立派な五言絶句が作られていた。「日没西山外。月昇東海辺。星橋弥両極。爛々耀秋天」というのである。

授業の済んだ後で、教師はその詩が果して韻《いん》を踏《ふ》んでいるかどうかを検《しら》べて見ると、ちゃんと平仄《ひょうそく》が合っていた。漢学の造詣《ぞうけい》のある校長はそれを見せられて、「李白の俤《おもかげ》がある」と讃嘆《さんたん》した。万一何かの焼き直しではあるまいかと疑っていた教師は、それから二三日過ぎて、「お前にこれが分るなら、詩の文句に訳してごらん」と言って、黒板へ平仮名交りの文章を書き示した。

春之助が読んで見ると、それは一首の和歌であった。――「はつせのや里のうなゐに宿問えば霞《かす》める梅のたちえをぞさす」――忽《たちま》ち彼は眼を光らせて教師に言った。

「先生、この歌は僕にも覚えがあります。これはたしか釈契冲《しゃくけいちゅう》の歌ですね」

「よく知っている。えらい!」

と言って教師は舌を捲《ま》いた。その驚きが終わらぬうちに、春之助は白墨を取って同じ黒板へすらすらと書き下した。「牧笛声中春日斜。青山一半入紅霞。借問児童帰何処。笑指梅花渓上家」

それからこんな話もある。ある時校長が彼の教場で修身の講話を試みた序《つい》に、天神様の例を引いて、菅公の作った名高い和歌を二つ三つ書き記して説明した。それは大概人口に膾炙《かいしゃ》した極めて平易な意味のもので、「此《こ》の度は幣《ぬさ》も取りあへず」とか、「東風《こち》吹かばにほひおこせよ」とかいうのであった。

「あなた方はこの歌のうちでどれが一番好きですか」

と、その時校長に質問されて、一般の生徒は誰も満足な答えをなし得なかった。最後に質問の矢は春之助に向けられた。

「菅公の歌で僕が好《よ》いと思うのは、その中にありません」

と、彼は答えた。

「それなら外にどういうのがありますか」

校長は興味の眼を以《も》って反問した。

「僕が一番好きなのは……」と言いながら、彼は半ば夢見るような調子で天井を仰ぎつつ朗らかに吟詠《ぎんえい》した。「……山わかれ飛びゆく雲のかへりくる影見る時ぞなほ頼まるゝ」

「どうしてそれが好きなのですか」

「でもこの歌が一番高尚《こうしょう》で、意味が深いように思われます」

「そうですか」と言って校長は苦笑いをしてしまった。

あまり智能が発達しているため、春之助はひとしきり非常に生意気な、小憎らしい少年となった。けれども高等二年の頃から、彼の挙動は漸《ようや》く謹厳になり沈重になった。それは彼が漢文学に熱中して、知らず識《し》らず儒教の感化を受けた結果なのである。この早熟な少年は四書五経を読み始めてから、詩や歌を作るのが嫌いになって、一生懸命に東洋の哲学や倫理学に関する書籍を漁《あさ》り求めた。彼は学校から帰って来ると、むさくろしい二階の四畳半に蟄居《ちっきょ》したきり、夜の更《ふ》けるまで机に向かって動かなかった。老子を読み、荘子を読み、しまいには仏教の方へ手を伸ばして倶舎論《くしゃろん》や起信論や大智度論などという物にまで眼を通した。その時分のことである。彼は目黒の真言宗の寺に遠縁にあたる和尚がいたことを想い着いて、そこへ仏書を借りに行った。

「方丈《ほうじょう》さん、あなたの所に正法眼蔵《しょうぼうげんぞう》という本がありますか。あるならどうぞ貸して下さい」

と、春之助は突然言った。

和尚は眼を円くして不思議そうに少年の顔を凝視しながら、「お前にそれが解るのかい」と言った。

「ええ解ります」

「そんなら私の前でこれを読んでごらん。この本の標題は何と読むのだ」

こう言って、和尚は机の傍にあった一冊の薄っぺらな和本を示した。その表紙には「三教指帰」と書いてあった。

「これは三教指帰《さんごうしいき》でしょう。弘法大師が子供の時に書いた物でしょう。僕はこの間読んだばかりです」

それで和尚はすっかり降参してしまった。

春之助の名声が喧伝《けんでん》されるに随《したが》って、この奇蹟《きせき》的な少年を生んだ仕合せな両親までが注目されるようになった。彼の父は瀬川欽三郎《きんさぶろう》といって、堀留の木綿問屋に三十年も通勤している一番番頭である。父の年は五十一、母の年は四十六であるが、比較的遅い子持ちで今年十二になる春之助と、七歳になる女の児があるばかりであった。いくら一番番頭でも、会社や銀行と違って、堅儀《かたぎ》な卸問屋の店員であるから、父の収入は大凡《おおよ》そ知れたものであろう。両国の薬研堀《やげんぼり》の、不動様の近所に小綺麗《こぎれい》な二階家を借りて、親子四人は淋《さび》しく睦《むつ》ましく暮らしている。毎朝八時頃になると、父と春之助とは今年尋常一年へ入学した娘のお幸の手を曳《ひ》いて、久松橋の袂《たもと》にある小学校まで連れて行ってやる。そこから父は子供に別れて堀留の店へ独《ひと》りで出掛けて行く。

学校では、兄が兄故妹の方も少なからず嘱目《しょくもく》されている。春之助ほどではないけれど、これもとにかく一年生の首席を占めて、まず優等生の部類である。こんな立派な子供を儲《もう》けた父母は、親の身としてどんなに嬉《うれ》しいことだろう。……と、世間からは非常に羨《うらや》ましく思われながら、臆病《おくびょう》で苦労性な欽三郎は始終春之助の身を案じていた。第一気に懸《かか》るのは彼の健康である。十二といえば腕白盛りの時代であるのに、彼は少しも快活な遊戯や運動を好む様子がなく、暇さえあれば書物ばかり耽読《たんどく》する。殊《こと》にこの頃は恐ろしく陰鬱《いんうつ》で、無口で、血色の青白い、筋骨の痩《や》せ衰えた、見るから弱々しげな病人じみた少年となった。

「どうも昨今あの子は変ですよ。三度の食事にいつも御飯を一膳《ぜん》しか喰《た》べませんよ」

母のお牧がこう言って欽三郎に耳打ちをしたことがある。彼は悴《せがれ》を呼びつけてその理由を詰《なじ》って見たが、

「別段心配な事はありません。ただ少し心に誓った事があるものですから」と、簡単に答えたきり、父が健康の大切な事を説明して、体育を重んじるようにいくら意見をしても承知しなかった。

「そんならお前が心に誓ったというのはどんな事なんだ。それを私に聞かせておくれ」

欽三郎は心配で心配で溜《た》まらないような顔つきをして、再び詰った。

「お父さん、私は近頃禅宗の本を読んで非常に感心したんです。人間はこの世の慾《よく》を断たなければとてもえらくはなれません。だから私は出来るだけ食物《くいもの》の慾を制限して、克己心を養うように精神を鍛錬しているんです。僕は体よりも精神の方がどのくらい大切だか解らないと思うんです」

春之助は屹然《きつぜん》としてこう答えた。彼の克己心修養の手段はそのうちに追い追い極端になって、食物ばかりか、睡眠時間を減らしたり、寒中に薄着をしたり、一時間も二時間も坐禅《ざぜん》を組んだり、ほとんど狂激に走って行った。なまじいに干渉すれば、かえって変梃《へんてこ》な理窟《りくつ》を言うので、両親はおどおどしながら、黙ってそれを見守っているより仕方がない。父親の心痛はだんだん増して来るばかりである。なるほど悴は悧巧《りこう》な少年に違いなかろう。将来大学へ入学させて立派に仕込んでやったら、恐らく非常な大学者になるであろう。……けれども商人《あきんど》の欽三郎は自分の悴をやっぱり商人にさせたいと望んでいる。望んでいてもいないでも、欽三郎の境遇として、到底子供を大学までやらせるほどの資力がない。せめて高等小学校を卒業したらば、適当な商店へ小僧に住み込ませ、年期奉公を勤めさせるのが、一番出世の捷径《しょうけい》であり、身分相応な教育である。然《しか》るにこの頃の春之助は貧乏な町人の子にあるまじき趣味や傾向に浸潤して、だんだん父親の期待に背いて行きそうに見える。欽三郎は自分が意見をするよりも、これは一番学校の先生から説いて貰《もら》うのが上策であると考えて、密《ひそ》かに受持ちの教師を訪ねて懇々《こんこん》と依頼した。

「あれだけのお子さんを、商人にしてしまうのはほんとに惜しいものですなあ」

こう言って教師もひどく残念がったが、結局父親の希望通りをよく本人に納得させるように誓った。

「瀬川、お前はそんなに勉強をして将来何になるつもりですか」

或る日学校が退《ひ》けてから、春之助は先生の前へ呼ばれてこんな質問を受けた。

「僕は聖人になりたいと思います」と、少年は暫《しばら》く考えた後口を開いた。

「……そうして、世の中の多くの人の魂を救ってやりたいと思います」

「お前の望みは実に立派だ。誰に聞かせても恥ずかしくない貴い望みだ。しかし昔の諺《ことわざ》にも『孝は百徳の基』ということがある。まず親孝行が出来なければ到底徳の高い聖人にはなれるはずがない。近い話が二宮尊徳を見るがいい。立派に亡父の家業を継いで、自分の家を再興してから世間の人々を救ったじゃないか」

少年は黙々として項垂《うなだ》れたまま耳を澄ましていた。教師はそれから伊能《いのう》忠敬《ただたか》*の例をも引いた。世の中を救いたいと思うなら、ともかくも親の志を継いで家業を興してから、それに従事するのが順序である。志さえ強固であったら、四十五十になってからでも決して事業をするのに遅くはない。勿論《もちろん》それは凡人の精力を以って、よく成功す可《べ》きではないが、苟《いやしく》も聖人にならうとまで望むならば、かほどの忍耐と晩成とが必要である。今のうちから功を急いで、年齢に不相応な勉強の結果健康を害するようでは、とても末の発達が覚束《おぼつか》ない。――こう言った教師の言葉にはかなりの熱と力とがあった。

「どうだね、分ったかね。それとも私の言った事が間違っていると考えたら、遠慮なく言ってごらん」

「先生わかりました。僕が悪うございました。僕は全く親不孝でした」

何と思ったか少年は忽《たちま》ちはらはらと涙を流した。

「これからきっと先生のお言葉通りに実行します。必ずえらい聖人になって見せます」

こう言って彼は激しく泣いた。春之助はその時の自分の胸の中が、最も聖人に近くなっていることを感じた。

教師の訓誡《くんかい》に非常な刺戟《しげき》を受けて、睫毛《まつげ》の涙を払いながら家へ帰って来る途中、春之助はさまざまな事を考えた。自分の今までの行為というものは凡べて虚偽である。凡べてが卑しい名誉心に胚胎《はいたい》する虚偽の努力である。自分が果して真箇の聖賢になる積りなら、もっともっと大奮発をしなければならない。学者になるよりもまず町人の子にならなければならない。学問よりもまず道徳を実行しなければならない。自分は克己心を涵養《かんよう》すると称しながら、両親のために自己を犠牲にすることさえも忘れていた。——春之助は矛盾極まる己れの態度を反省して、恥ずかしいような気持ちがした。

けれども彼が改心の実を示して、両親や教師を喜ばせたのはその後僅《わず》か半月ばかりで、間もなくもとの学問好きに復《かえ》ってしまった。

「先生、僕はいつかの約束通り親孝行をする気でしたが、どうも実行出来ない理由が起きて来たんです。どうぞこれを読んで下さい」

と言って、春之助は封筒に入れた書面のようなものを教師の手元へ差し出した。書面には「師の君に送る」として下の文章が認めてあった。

……真の聖賢たらんと欲せばまず徳を修めよと師の君は宣《のたま》へり。孝行の道をだに弁《わきま》へずしていかで聖賢たるを得べきと師の君は誡《いまし》め給へり。げにもさこそと吾もその折は打ちうなづきて、学問よりも実行を重んずべ

し と誓ひたりき。されど、あゝされどいかにせん、この頃の疑ひ深き我が心は、実行に方《あた》りて抑《そもそ》もいづれが真の善なるかを解するに苦しむなり。善とは何ぞや、悪とは何ぞや。この問題を極めざれば凡《す》べての行為は無意義なるべし。……あゝ師の君よ、かくまで迷ひに迷ひたる吾《われ》を憐《あわれ》みて暫《しばし》の不孝を許し給へ。親への義務を怠るとも人間の道を究むる事こそ、吾人が最初の勤めなるべけれ……

教師は困ったものだと思ったが、到底理窟を以ってこの少年を改めさせる余地はないとあきらめてしまった。それからほどなく母のお牧は、悴の机の抽《ひ》き出しから次のような文章の書き綴《つづ》られた日記帳を発見した。

愚かなる父母を持ちてこの世に生まれし我が身こそ、げにもこよなき不幸なりけれ。気の毒なる父母よ、おん身はやがて春之助より暖かき養育を受け、何不自由なく老後の余生を送らんと望み給はゞそは大いなる誤りなるべし。春之助の望は金銀財宝にあらず、功名栄達にあらず、おん身が現《うつ》し世《よ》の快楽《けらく》として喜び給ふ万《よろず》の事は、一としてこの春之助が心をば動かすに足らざるなり。予はおん身等を愛せざるにあらず、しかもおん身等のみを愛する能《あた》はず。キリストを生みたる国、釈尊を生みたる国の運命を見よ……

それから二三ペエジ先に、「山家集より」として、西行法師の歌が抜萃《ばっすい》されて圏点《けんてん》を施されている。

世の中を夢と見る〳〵はかなくもなほ驚かぬわがこゝろかな。

母親には何の意味やら一向に解らないが、とにかく不穏な思想を抱いていることは明瞭《めいりょう》であった。

春之助の両親に対する態度はだんだん横着になり狡猾《こうかつ》になった。彼は父親に詰問されても、以前のように正直な理由を告白したり説明したりしなくなった。説明するのは結局無益だと信じてしまって、なるべく没交渉に一時を糊塗《こと》しようと努めている。御飯をもっと賜《た》べろと言えば素直に賜べる。着物をもっと着ろと言えばおとなしく着る。それでいて肝腎《かんじん》の勉強だけはどうしても止《や》めない。夜中にそっと床を脱《ぬ》け出して、ランプの心を掻《か》きながら机に向かっていたりする。漢学だけでは到底駄目だと悟ったのか、一生懸命に英語の独学を始めて、高等二年を終える頃には、カアライルのヒイロオ、オルシップを読破した。つづいてSartor Resartusを読んだ。もう学校の先生なぞは眼中になかった。

春之助が十三になった正月のことである。神田の小川町辺を散歩していると、とある古本屋の店先に英訳のプラトオ全集六巻が並べてあるのを見付け出した。Bohn's Classical Libraryと記した背中の金字が散々に手擦れて垢《あか》だらけになっていた。試みにその中の一巻を抽き抜いて見ると、到る所に赤インキでアンダアラインを施したり、鉛筆で註釈《ちゆうしやく》や批評を書き加えたりしてあって、この書の以前の持ち主が、如何《いか》ほど熱心にプラトオを熟読し、玩味《がんみ》し、研究したか、そぞろにその篤学さが思いやられる奥床しい物であった。プラトオの名前ばかりを聞いていてその文章に接したことのなかった春之助は、憧《あこが》れていた恋人に出会ったような心地がして我知らず胸の躍《おど》るのを覚えた。書棚の前に佇《たたず》んだまま彼は偶然自分の眼の前に開けたペエジの一節を読み下した。“……hence God resolved to form a certain movable image of eternity; and thus, while he was disposing the parts of the universe, he, out of that eternity which rests in unity, formed an eternal image on the principle of numbers: — and to this we give the appellation of *Time*. ……”あたかも彼の眼に入ったのは、THE TIMÆUS の中の、ソクラテスが「時間」と「永遠」とを論じているこの五六行の文字であった。彼は平生朧《おぼろ》げながら自分の心で考えていたことが、立派にそこに言い表わされている嬉しさと驚きとに打たれた。喜びのあまり昂奮《こうふん》して、手足がぶるぶると顫《ふる》えるくらいであった。「これだ、この本だ。自分が不断から憧れていたのはこの本の思想だ。読みたいと思っていたのはこの本のことだ。この哲人の言葉を知らなければ、己は到底えらい人間にはなれない」春之助は腹の中で独語した。彼はもうその本を自分の手から放すことが出来なかった。

「これはいくらですか」と、彼は帳場の主人を顧みて言った。

「五円ですよ」

先《さっき》から不思議そうな顔をして少年の挙動を見守って居た主人は、嘲《あざけ》るような微笑を浮かべて、気乗りのしない調子で答えた。春之助は、こういう場合の費用に充《あ》てるため、平生から無駄遣いを節して溜めて置いた小遣いが三円あった。それに正月の年玉として、親戚《しんせき》の叔父叔母《おじおば》から貰《もら》った金を加えればちょうど五円程《ほど》の額に達していた。彼はすぐに薬研堀の家へ走って、金を持って引っ返して来た。

六冊の書物を風呂敷《ふろしき》に包んで宙を飛んで帰って来た春之助は、是非共正月一杯に読んでしまおうという大決心を以って、学校から帰って来ると毎晩夜中の二時三時まで机の傍を動かなかった。そうして月の廿日《はつか》頃には、望み通り既にその書の三分の二を読過して、高遠な哲理の大体を会得することが出来たように思った。眼に見ゆる現象の世界が一場の夢幻に過ぎないことや、ただ観念のみが永遠の真の実在であることや、嘗《かつ》て春之助が仏教の経論を徹《とお》して教えられた幽玄な思想が、この希臘《ギリシヤ》の哲人に依《よ》って更に強く更に明らかに説かれているのを知った。彼は自分が今年漸く十三歳の少年でありながら、大人と雖《いえども》容易に理解し難い書籍の蘊奥《うんおう》を究めて、いかに精神の貴む可《べ》く物質の卑しむ可きかを悟《さと》り、古《いにし》えの聖者大徳のような心境に到達し得た己れの聡明《そうめい》と幸運とを祝福せずにはいられなかった。「自分は全く神童に違いない」と彼は思った。現在の彼の頭は既に古来の有名な哲人の頭と同程度まで進んでいるような気がした。彼等と春之助との距離はほとんど僅《わず》かであるらしく考えられた。

或る晩、彼が全集の第五巻目を読み終わった時、階下の柱時計が微《かす》かに午前三時を打つのを聞いた。少し頭が痛むので窓の雨戸を一尺ばかり明けて、暫《しばら》く冷ややかな戸外の空気に顔を曝《さら》していた。月のない寒空が寝静まった人家の上に高く冴《さ》え返って、北斗七星のきらきらと瞬くのを見詰めていると、彼の心は自然と今しがた読んだ書物の方へ戻って行った。ちょうど微妙な音楽を聞き終わった後のように、一種の恍惚《こうこつ》とした快感が、ダイアロオグの文章に酔わされた彼の脳髄のどこか知らに、さめようとして未《いま》ださめ切らぬ熱の如くに残っていた。「自分は今、たしかに偉大な精神を把握《はあく》したと信じている。古えの聖僧哲人に比べても、恥ずかしからぬ悟道を開いたような気がしている。しかし、この悟りは果して本当の悟りであろうか。一時の興奮でそんな風に己惚《うぬぼ》れているのではなかろうか。自分は実際、この心をいつまでも持続して、将来立派な宗教家、哲学者になれるのであろうか」……五六分の間、春之助は窓際に頰杖《ほおづえ》を衝《つ》いて、深い瞑想《めいそう》に沈んだ。それから再び雨戸を締めて、寝支度をしていると、

「春之助はまだ起きているのかい。今戸を明けたのはお前かい」

こう言って、父の欽三郎が下の部屋から声をかけた。

「ええ、私です」と、春之助は直《ただ》ちに答えた。父はそれきり何とも言わなかった。

寝間着に着換えてから、床へはいる前に便所へ行こうとして梯子《はしご》段《だん》を降りかけた彼は、段の中途で、ふと両親のひそひそ話が聞こえるので、その

まま息を凝らしつつ耳を欹《そばだ》てた。

「あれも今年は十三だろう。十三といえば昔はみんな奉公に出したものだ。それに行く末大学までもやらせるというような余裕のある内の子供ならいいが、なまじ中学で止《や》めさせるくらいなら、いっそここいらで奉公にやった方が当人のためにもなる」こう言うのは父の言葉である。春之助の胸は、急に重い石で圧《お》し付けられるような悩みを覚えた。今度は母がそれに答えた。

「ですがあれほど学問をやりたがっているのだから、せめて小学校だけでも卒業させたらどうでしょうね。今奉公にやると言ったら、なかなか承知をしますまいし、悧巧な子だけにあんまり無慈悲な親たちだなんぞと、恨《うら》まれたりしちゃ気持ちが悪うござんすから」

「小学校を卒業しないたって、あの子はもうそれ以上の学問があるんだから、商人《あきんど》としての教育に不足はないさ。学校へやって置くとますます学問に凝ってしまって、気位ばかりが高くなって仕様がない。今夜にしたって御覧な、もう三時じゃないか。毎晩々々こんな夜更けまで本を読み耽《ふけ》っているようじゃ、今に体を壊してしまう。だからまあこの四月になって、高等二年を済ませたらすぐにも奉公に出した方がいい。いずれその時になったら私からよくそう言ってやろう」

「そうですね。今そんな事を言い出すと又何を言うか分らないから、四月になって、いよいよという時に学校の先生からでも意見をして貰いましょう。ほんとうにこの頃では、先生までが馬鹿にされているんですからね。――『あのお子さんにはかないません。全く末恐ろしいお子さんです。あゝいう子供は非常にえらくもなれる代りに、もし慢心するとどんなに堕落するか知れないから、よくよくお気をつけなさいまし』ッて、この間も先生が言っていましたよ」

大方こうであろうとは予期していたが、現在まざまざとその相談を聞き込んで見ると、彼は両親を恨むよりも憫《あわれ》む方が先へ立った。学問の貴さを悟らず、人生の意義をも解せぬ、何という無智な、浅はかな親たちであろう。自分が学校の先生や親たちを軽蔑《けいべつ》するのは、決して慢心の結果ではない。自分の道徳観が、彼等の道徳観よりも遥《はる》かに進み過ぎているためなのだ。かりにそれを慢心と名づけるなら名付けてもよい。しかし自分の慢心は、向上の一路を辿《たど》る助けとこそなれ、堕落の導線となろうはずはない。釈迦《しゃか》や基督《キリスト》の堕落する事が不可能であると同じく、自分は絶対に堕落の恐れのない人間である。春之助はそう考えた。たとえ学校の教師や親たちが如何《いか》に反対しようとも、自分はどうしても商人などにさせられる人間ではない。自分のような天才が、商店の小僧などになろう訳がない。自分は必ず、何とかして学問をやり通さねばならぬ。又やり通すべき運命に立っている。天が自分を捨てないならば、いかほど俗人共の妨害がはいろうとも、遂《つい》にはきっと自分の値打ちに適《ふさわ》しい運命が自《おの》ずから廻《めぐ》って来る。こういう信念が春之助の心の奥に潜《ひそ》んでいて、両親の密談を気に懸けながらも彼は格別騒がなかった。

三月の中旬になって小学校の学年試験が始まった。同級生のうちで、試験を済ませてから都下の中学へ入学を志願する者は十人足らずあった。明日から学年の休暇になろうという日に先生が教壇に立って生徒一同へ訓示を与えた。「あなた方の中にはこれきり本校を退学して、来月から中学へはいる者もあるだろう。又商店の丁稚《でっち》となって奉公に行く者も少なくはあるまい。いずれにしても皆様は御両親のやれと言う事をやらなければならない。学問は大切であるからなるべくならば中学へはいるに越したことはないが、されぱと言って御両親の許しが出なければ已《やむ》を得ない。誰しも他人の家に使われて丁稚奉公を勤めるのは辛《つら》いであろう。しかし、小僧だからえらい人間になれぬという理窟はないのである。心懸けさえよかったら、奉公していても学問は立派に出来る」春之助は、先生がこう言いながら時々ちらりと自分の顔を盗み視るのを感付いた。かねがね両親から頼みがあって、それとなく自分に意見をしているのだなと、彼はうすうす推量した。そうして、昂然《こうぜん》と面を擡《もた》げてグッと先生の顔を睨《にら》み返した。如何なる抵抗、如何なる無理を犯しても、断然中学へはいって見せるという反逆心が、言わず語らず少年の眉宇《びう》の間に溢《あふ》れていた。

「お前に少し話があるから、休みのうちに一遍私の所へ遊びにお出《い》で。三月中は忙しいから来月の四五日頃がいいだろう」

放課後、春之助は鞄《かばん》を抱えて教室を出ようとすると、先生が呼び止めてこんなことを言った。話というのは無論分っている。

「承知しました」と、彼は徐《しず》かに、何事か深い覚悟を極《き》めているように落ち着いて答えた。「この春之助という少年の天才の周囲を取り巻いて、凡俗の分らず屋の大人《おとな》共が盛んに卑しい干渉を加えている。全体大人という者は、どうしてあんな浅薄な考えばかり持っているのだろう。世間の大人が、皆あのような劣等な人間であるとしたら、世の中に自分ほどえらい人間はいなくなる。自分はあの大人共の意見などを眼中に置く必要はない。自分は彼等に逆って何をしようとも、自分の行為を justify する権利を持っている」春之助はそう思って、教師を尻目《しりめ》にかけながら学校の門を出た。

家へ帰っても両親は別段何も言わなかった。凡《す》べての処置を先生に委《まか》せてしまって、自分達は腫《は》れ物《もの》に触るように、黙々として我が子の動作を注視しているらしかった。すると四月三日の神武天皇祭の朝である。

「東京市立第一中学校御用、日本橋区馬喰町一丁目、島田洋服店」と書いた大きな名刺を携えた商人風の男が尋ねて来て、「どうぞお宅の坊ちゃんの制服を注文して頂きたい」と、玄関へ出た母親のお牧に頼むのであった。その日は父の欽三郎も店が休みで、玄関の次の間に新聞を読んでいたが、洋服屋の口上を聞くと同時に障子を明けて、

「手前どもの悴《せがれ》は中学校へは参りませんのですが」と言った。

「まだおきまりにはなりませんけれど、先達《せんだつ》て入学試験をお受けになったと承りましたから、それでお願いに上がったのでございます。私の悴も久松学校へ通っておりまして、たびたびお噂は伺っておりますが、なあにこちら様《さま》の坊ちゃんなんぞは、成績の発表をお待ちにならないでも、及第なさるにきまっているようなものですから、今から制服の御注文を遊ばしても大丈夫でございます。もしも落第なさるようなことがございましたら、

お取り消しになっても一向差支えはございません」

至極如才ない弁舌で、洋服屋は御世辞交りにしゃべり続けた。

「それは何かのお間違いではありますまいか。悴は中学校の入学試験を受けたはずはありませんが」

欽三郎がこう言っても洋服屋は承知しなかった。「そんな訳はない。自分は決して隣近所から好い加減な話を聞いてお願いに上がった次第ではない。自分の店は古くから第一中学の御用を務めていて、あの学校の役員とは懇意になっている。今日庶務課へ出頭して、受験者の名簿住所を見せて貰った中に、お宅の春之助さんの姓名が載《の》っていたから確かだと信じて伺ったのである」こう言って洋服屋は事を分けて弁明した。

「さては」と思って欽三郎とお牧とは顔を見合わせた。ともかくもその場を言い繕《つくろ》って洋服屋を返してしまうと、父は春之助の勉強している二階座敷へ上って行った。

「実はお父さんにもお母さんにも内証で入学試験を受けたのです。隠していたのは申し訳がありませんが、前以ってお頼みしたらかえって反対されるだろうと考えて、成績が分るまで黙っている積りでした。私はどうしても中学をやらなければなりません。もしも許して下さらなければ牛乳配達でも何でもして、独《ひと》りで苦学をいたします」

春之助は悪びれもせずにきっぱりと言い切る決心であったが、正直な、貧乏な人の好い父親が溜め息をつきつつ萎《しお》れ返っている様子を見ると、さすがに悲しくなって遂に涙を流した。そうして、「お父さん、どうぞ中学へやって下さい。奉公に行くのはどうしても嫌です」と、激しく泣いて掻《か》き口説《くど》いた。「これしきの事に泣く必要はないではないか」と、一方では自分の行為を批難しながら、彼はやっぱり好い心持ちでさめざめと涙をこぼした。

父はいつまで立っても腕を拱《こまぬ》いて嘆息するばかりであった。「わしもお前の心中を察せぬではない。それほど学問がしたいものを、好んで奉公にやりたくはないが、知っての通り、内の経済が許さないのだから中学だけは断念して貰いたい。牛乳配達をすると言っても、お前のような脾弱《ひよわ》な体質で決して続くものではないし、第一それで学費や生活費を稼ぎ出せるはずはない。何にしても、明日先生のお宅へ伺って、意見を聞いて見るがよかろう」結局欽三郎はこんな文句を繰り返すより外はなかった。

春之助の頼りにしていた運命の神は、彼の予期に反して、だんだん彼を好ましからぬ方向へ拉《らっ》して行くようであった。明日《あした》先生の家を尋ねれば、ますます圧迫が加わるにきまっている。それでもなお、春之助は自分が真の天才である以上、そんな境遇に陥る道理はないと信じて、強《し》いて安心しようとした。

二

欽三郎が勤めている木綿問屋は井上商店といって、当主の吉兵衛は三十五六歳の機敏で闊達《かったつ》な、相当に教育のある好紳士であった。二十歳《はたち》時分に道楽をして、芳町で一流の名妓《めいぎ》と呼ばれた芸者との間に子まで儲けた仲であるが、その後四日市の塩物屋から嫁を貰って、ふっつりと遊びを止めてしまった代りに、その芸者を密《ひそ》かに落籍して浜町の妾宅《しょうたく》へ親子二人ながら囲って置いた。然《しか》るに嫁は結婚するとほどなく惣領《そうりょう》の子供を生み、今からちょうど四五年前の二度目の産に胎児諸共《もろとも》死んでしまった。それきり吉兵衛は再び正妻を迎えない。「子供が可哀そうだから」と言うのは口実で、恐らく彼は堅気の女を正妻に持つことを一遍で懲《こ》り懲《ご》りしてしまったらしい。元来が意気で陽気で花やかな真似の大好きな、形式や習慣に囚《とら》われることの嫌いな彼は、なくなった嫁の融通の利かない、律義で陰気で生真面目な性質があまり気に入らぬようであった。嫁と彼とは些細《ささい》な事にしばしば意見が衝突した。正直なだけに生一本で怒りっぽい嫁は、「あなたはよっぽど呑気《のんき》過ぎる」とか、「あんまり見さかいのない冗談を言い過ぎます」とか、何かと口やかましい叱言《こごと》を言った。そのたびごとに吉兵衛は頭を掻《か》いて素直に降参したけれど、どうかすると「お前は洒落《しゃれ》の分らない女さ」

などと冷やかして、変に茶にすることがあった。「しろうとの女はみんなこれだから困る」と言う考えが、すっかり頭に沁《し》みついた結果、ややともすれば浜町の妾《めかけ》の方を余計愛するように見えた。妾宅の事は疾《と》うから公然の秘密となっていて、嫁が死亡すると同時にいよいよ表向きになり、阿娜《あだ》っぽい、まだ水々とした年増《としま》の姿が、十日に一度は本宅へも出入りし始めた。引かされた時が吉兵衛とは二つ違いの十八で、それから十何年も過ぎてはいるものの、肉づきなどはむっちり肥えていて漸く二十五六としか思われぬ、髪の毛の多い、背の高い、色白の美女であった。その女が銀杏返《いちょうがえ》しに結って、唐桟柄《とうざんがら》の襟附きのお召しに黒縮緬《ちりめん》の羽織を着て、初めて堀留の店へ来た時、店員たちは「まるで若い頃の源之助の舞台顔にそっくりだ」と噂し合って驚いたが、口を利かせると恐ろしく如才のないのに重ねてびっくりした。「さすがに旦那《だんな》の可愛がるのも尤《もっと》もだ」と言う評判であった。源之助に似ていることは芸者時代から花柳界一般の定評で、半玉《はんぎょく》の頃には顔つきのませているために売れなかったのが、一本《いっぽん》になってから俄《にわ》かにはやり出し、「年増になったらどんなだろう」と、朋輩衆《ほうばいしゅう》に褒《ほ》めそやされたものだそうな。あまり源之助に似ていると言われたので、自分も自然とその気になり、遂には紀の国屋の声色《こわいろ》までが上手になった。今でも折々酔払うと旦那をつかまえて話の中へ得意のせりふを連発することがあると言う。そんなに彼《か》の女は気軽であった。

稼業の繁昌《はんじょう》するままに在来の店では手狭《てぜま》になって、増築の工事に取りかかった際、ついでに吉兵衛は本店から一二丁隔たった小舟町の裏通りへ、別邸を普請して自分の住宅に充《あ》てた。それから浜町の妾宅を売り払って、妾をそこへ収容した。つまり現在の別邸には主人の吉兵衛と妾のお町と、亡くなった正妻の子の玄一と妾腹《しょうふく》の娘のお鈴とが、一家族を作って同棲《どうせい》している訳である。別邸の女中たちは勿論、本店の店員共も蔭《かげ》ではとにかく前へ出ては以前のように「お町さん」とは言わなくなって、大概《たいがい》「奥さん」と呼んでいる。息子の玄一は今年十二歳で、お鈴の方はそれより二つ年上の十四歳である。玄一は初めてお町に紹介された時、吉兵衛から「今度はこの人がお前のおっ母様《かさん》になるんだよ」と言い渡されたので、以来お町を「おっ母さん」と呼び馴《な》れてしまった。お鈴の方も、「これはお前の姉さんだ」と父が言い渡したので、二三度「姉さん」と呼んで見たが、「この子のことは姉さんと言わずに、お鈴《すず》ちゃんと仰《お》っしゃいよ」と、吉兵衛のいる前で新しい母親のお町が訂正した。

父はそれを聞いて、別段いいとも悪いとも言わなかったから、玄一は「お鈴ちゃん」と呼ぶことに改めた。するとその後、何かにつけてお鈴は彼に意地の悪い態度を示し出した。玄一は学問が頗《すこぶ》る不得手で、試験の下ざらいや宿題の答案などを作らねばならぬ時には、いつも泣くほどいやな気持ちを味わった。そういう場合、先生に叱られたり落第したりするのが恐ろしさに、よんどころなく姉のお鈴に質問すると、「まあいやだ。玄ちゃんはこんな字を知らないの。これから私のことを姉さんて言わなければ教えて上げなくってよ」などと言った。そこで玄一はわざと意趣晴らしに両親の前へ出て「姉さん、姉さん」と呼んでやったが、お町は再び訂正しようともしなかった。吉兵衛は相変らず黙っていた。こんな事がたび重なって、この頃では玄一もまた「姉さん」という言葉を平気で口にするようになった。気のせいか知らぬが、彼がお鈴を「姉さん」と呼ぶと、母親は機嫌のよい顔を見せた。

四月八日の誕生会《たんじようえ》の朝である。吉兵衛が衣類を着換えて例の如く本店へ出向こうとしていると、そこへ久松小学校の校長が尋ねて来て、三十分ほどお目に懸《か》かってお話しがしたいと言った。主人と校長とは、つい先月の末にも、玄一の修業試験が不成績で落第の悲運に陥ったため、その善後策を相談す可《べ》く面会をしたことがあって、まんざら識《し》らぬ間柄ではないのである。その上吉兵衛は、いつぞや校舎を改築する際に、区内有力者の一人として多額の金を寄附したので、学校とはかなり深い因縁を持っていた。

「今日伺ったのは外の事でもありませんが、お店の番頭の瀬川欽三郎さんの御子息の身の上に就《つ》いて、少々お願いがあるのです。あなたも多分御承知のことと存じますが、あの子は当今に珍しい、頭脳の明晰《めいせき》な気象の勝《すぐ》れた少年で、天下に稀《まれ》な麒麟《きりん》児《じ》と申しても差支えはないでしょう。今度高等二年を修業したので、親御さんはどこぞへ丁稚《でっち》奉公《ぼうこう》にやらせたいと言っておられますが、当人はどうしても学問をやりたい、中学校へはいりたいと言い張って納得しない。親御の思《おぼ》し召しに従うように受け持ちの教師から懇々《こんこん》と説諭しても、聞き入れない。自分の家が貧しいのは分っているから、決して両親の世話になろうとは言いませぬ。自分で苦学をして成功して見せるから、何卒《なにとぞ》許してくれと言って、泣いて頼むのだそうでございます。実はそれで、受け持ちの教師があべこべに少年の確乎《かっこ》たる志に動かされて、何とか当人の望みをかなえてやる方法はないものかと、私へ相談があった訳なのです……」

校長はこんな風に口を切った。欽三郎の身になったら、親子の情として、子供の願いを聴き届けてやりたいのは山々であろう。それを無理やりに奉公させようとするのは、家庭の財政が許さぬというような、よくよくの事情のあればこそと推量される。校長が吉兵衛への頼みというのはここのことである。あの可憐《かれん》な少年へ学費を給して、本人の望むがままに学業に従事させる、その面倒を引き請けて頂く訳には行くまいか。これからあの子が中学へはいり、高等学校から大学を卒業するまでには十何年の長い日子《にっし》を要する。その間の面倒というものはなかなか容易なことではない、余程の篤志家《とくしか》でなければ出来る業《わざ》ではないのであるが、しかし、あのような俊秀な子供を見殺しにせず、之《これ》を教育して立派な人物に仕上げ、他日天下に有用な材幹を発揮させたならば、啻《ただ》に春之助自身の幸福ばかりでなく、国家のためにも甚だ利益である。殊《こと》に自分の使用している店員の悴《せがれ》とあらば、吉兵衛に取って全く縁故のない者でもない。こう申しては失礼であるが、御子息の玄一さんは学業の成績が普通よりも劣っているから、むしろ春之助を御子息さんの家庭教師というような意味で、お引き取りになったら如何《いか》が何であろう。年こそ若けれ、春之助ならば学識の点に於《お》いて、なまじいの大人の教師よりは勝っている。玄一さんばかりでなく、お嬢さんの鈴子さんも今年から女学校へおはいりになれば、今までとは違い学科も追い追いにむずかしくなるから、春之助のいた方が便利である。とにかく御熟考下すって、二三日中に御返辞を願われますまいか。既に本人は親御に内証で中学校の入学試験を受け、立派に首席で及第して、もう入学の手続きを踏むばかりになっているのですと、校長は言った。そうして「この御願いは全然私の一存から出たので、欽三郎さんは何も御承知のないことですから、これはお含みを願います」と附け加えた。

吉兵衛はもともと洒落で恬淡《てんたん》な男であるから、格別多大な同情を寄せる気にもならなかったが、話の趣意には勿論異議がないらしかった。子供一人を引き取って学校へ通わせるくらいの費用は、彼として見れば何ほどでもない。自分の子供等のためにも、欽三郎親子のためにも、双方に結構な話であるから事に依ったら承諾してもよいという意向を、彼はその場で校長に洩《も》らした。

「よろしゅうございます、ではあなたからお話のあったことを私が直接欽三郎に打ち明けて、一応彼の考えを聴いた上で本人にも会って見ることにいたしましょう。噂は聞いておりましたが、私はまだ、親しくあの子に会ったことがございませんから」

「御尤《ごもっと》もでございます。何分宜《よろ》しくお願い申します」

と言って、校長は辞して帰った。

春之助は五つ六つの幼い時分、折々母に連れられて主人の家へ御機嫌伺いに行った覚えがあるけれど、だんだん成長するに随い、例の商人嫌いと傲慢《ごうまん》で陰鬱な性質とが募《つの》って来て、いっさいそんな所へは足踏みしないように努めた。母親から店へ使いに行けと言われたり、盆と正月には顔を出せと言われたりしても、彼は偏《ひと》えに逃げ廻《まわ》っていた。それ故吉兵衛は春之助がこの頃どんなに成人したか、少しも知らずにいたのである。珍しい神童であるという評判は耳にしているが、果して校長の予言する通り、将来偉大な人物になるかどうかは、疑わしいとさえ思っていた。正直を言うと、彼には彼の自負心があって、たかが小学校の教員などの鑑識《かんしき》はあてにならぬと考えてもいた。「なるほど現在は俊秀な少年であろう。けれども少年時代のえらさほど信用出来ぬものはないから、行く末その子の材能が発展するか退歩するか容易に分るものではない」こういう見解を下したかった。それというのは、吉兵衛自身が子供の時分に学問嫌いの腕白者で、散々親達へ心配をかけたのに、今ではどうやら稼業を受け続いで、しかも見事に身代《しんだい》を太らせている。だから春之助を引き取るにしても、国家のためなどという大袈裟《おおげさ》な動機からではなく、校長の熱心な奔走に免じて「断わるほどのことでもないから承知してやろう」と言う、至極大摑《おおづか》みな腹であった。

欽三郎はその晩薬研堀の自宅へ帰ると、早速お牧と春之助を呼んで、今日旦那からかくかくの御親切なお話があったということを、感謝に充《み》ちた句調で語った。そうして、いかにも重荷を下ろしたようにほっと安心の溜息をついた。「いよいよ本当の運命が開けて来た。自分は果してえらい人間になれるのだ」と、春之助は胸の中で無限の満足を覚えた。けれどもまた、自分で自分の運命を思うがままに左右し得る確信を握った結果、一種の我《わ》が儘《まま》な虚栄心が働き出して、平生自分が卑しんでいる商人風情に節を屈し、理解のない低級な金持ちなどから援助を求むる必要はなかろう。そんな不愉快な真似をせずとも、独立独行で苦学した方が気が利《き》いているというような、負け惜しみさえ湧《わ》いて来た。そうかといって、「せっかくの思し召しは有り難うございますが、私は他人の世話になるより独立で苦学いたします」と、父に向かって堂々と言い切るほどの勇気も出ない。彼にしても心の底では苦学生活の到底辛抱し切れそうもないことをうすうす危んでいるのであった。要するに、いざとなって見ると明日から急になつかしい慈母の許《もと》を去って、他人の家の飯を喰《く》うという境遇が、何となく心細くて恐ろしいのに過ぎなかった。

「旦那が引き取って下されば お前も無論否やはあるまい。明日の晩お前を連れて来いと仰っしゃるのだから、私と一緒にお伺いしたらよかろう」

父はさも嬉しそうに言った。春之助は暫《しばら》く逡巡《しゅんじゅん》した後、結局「それではそう願います」と、初めから分り切っていた承諾の返辞を漸く与えた。

三

恐らく春之助はあの晩のことを、父の欽三郎に手を曳《ひ》かれて初めて小舟町の主人の別邸を訪れた四月九日の夕ぐれのことを、少年時代の最も印象の深かった日の一日として、長く記憶に存しているであろう。父は午後の五時頃に一旦《いったん》店から帰宅して、夕飯をしたためてから改めて出直すことになっていた。両親と春之助と妹のお幸と、家族四人はいつものように睦《むつま》じくちゃぶ台に向かって箸《はし》を取った。その時のお菜《かず》がひじきであったことまでも、春之助はよく覚えている。

「今日はほんのお目見えに行くのだから、いずれお前があちらへ御厄介になるときまったら、何か御馳走《ごちそう》を拵《こしら》えて、内中でたべましょう」

と、母親のお牧が言った。

「兄さんは今度どこかへ行ってしまうの」

と、お幸が尋ねた。

「小舟町のお宅へ書生に行くのさ。知らない所へ行くのではないから、兄さんに会いたければいつでも会えますよ」

お牧がこう言うと、欽三郎が聞き咎《とが》めて「書生に行くと言ったって、奉公人になるのだから、いよいよ向うへ引き取られればお盆とお正月の外に、ちょいちょい会う訳には行きませんよ。そうする方が当人の修業にもなるのだ。余所《よそ》の子供と違って、春之助は私よりもそんな道理はよく心得ているだろうから、改めて言って聞かせる必要はないが」と言った。

不断から少食の春之助は、一《ひ》と入《しお》胸が塞《ふさ》がって、御飯がろくろく喉《のど》へ通らなかった。それでも父の言葉を聞くと、自尊心を奮い起こして従容《しょうよう》たる態度を示しつつ、無理に茶漬けを二膳飲み下した。「奉公人になるのだから」と父に言われたのが癪《しゃく》に触って、悲しいような腹立たしいような気分になった。「自分は奉公に行くのではない。家庭教師に聘《へい》せられて行くのだ。どんな場合にも家庭教師の見識は失わずにいて見せる。主人だからと言って、妄《みだ》りに頭を下げはしない」と、彼は私《ひそ》かに決心の臍《ほぞ》を固めた。

花曇りのした夕方で、薬研堀の家を出てから人形町通りへかかるまでに往来は全く夜になった。「別邸別邸」と話には聞いていても、まだその家を見たことのなかった春之助は、余程宏壮《こうそう》な構えのように想像していたのが、門前へ来て見ると思ったよりはささやかな、新しい檜《ひのき》の板塀の僅《わず》かに二間ばかり続いた、むしろ瀟洒《しょうしゃ》とした小意気な住宅であった。「井上別邸」と記した陶札を掲げてある門内にはいると、華奢《きゃしゃ》な格子戸のはまった玄関先の様子などもそれほどに尊大ではなく、いくらか春之助に親しみ易い感じを与えた。彼は堂々と玄関から案内を乞《こ》いたかったのに、父は母屋《おもや》の後ろへ廻って勝手口の障子を開けて、

「お辰どん、旦那はおいでになりますかえ」

と、流《なが》し下《もと》にいる十八九の女中に声をかけた。

「ああ、番頭さんですか。旦那は唯今《ただいま》御飯を召し上がっていらっしゃいますが、……ねえお新どん、お前さんちょいと瀬川さんが参りましたって、

旦那へ申し上げて下さいな」

そう言いながらお辰は頻《しき》りに桶《おけ》の中の器物を洗って、ふきんをかけていた。お新というのは板の間にしゃがんで、重そうな蒸籠《せいろ》の蓋《ふた》を開いて、ぱっと湯気の舞い上る底から、何か知らぬが黄色くふっくらとした、饅頭《まんじゅう》のような形をした暖かそうな食物を取り出して、それを小さい器の中へ移すと、今度はその上へ、どろどろとした半流動物の葛湯《くずゆ》のような液体を、手際よく注いでいる。この家の台所は、主人夫婦の舌が奢《おご》っていて一と通りの食物では満足しないために、晩餐《ばんさん》の時刻になるといつも仕出し屋のコック場の如き光景を呈するのが例になっていた。春之助は、時たま手製のてんぷらを拵えるのでさえ母のお牧が半日がかりの大騒ぎをする自分の家に引き較べて、まだ見たこともない、こんなに手数のかかった料理を、毎夜のように胃の腑《ふ》へ収める当家の主人の贅沢《ぜいたく》さを思った。「一体あの柔らかそうなふわふわした固形物は、何を原料にして拵えた食物であろう」――彼はこんな好奇心に駆られて、味わうためよりは眺めるために作られたよ

うな美しい色合を、物珍しげに盗み視た。やがて料理が出来上がると、お新は器を盆の上に載せて、襷《たすき》を外して立ち上がりながら、

「番頭さん、唯今旦那に伺って参りますからちょいとお待ちなすって」

と言った。

お新はお辰よりも一つか二つ年上の、体つきの均斉な愛らしくて悧巧《りこう》そうな円顔を持つ花やかな女である。お辰の方はむくむくと太った、おさんどん式の体格で、どことなく意地の悪そうな眼つきをしている。二人共服装や態度がわり合いに上品らしく、言葉づかいも丁寧に聞こえるけれど、その丁寧は大家の台所に適《ふさ》わしい品威を保つためであって、自分等に対する親切からではあるまいと、春之助には邪推された。お新が今しがた次の間へ出て行った境の障子が二三尺明け放しになって、その隙間からこの家の間取りの一部分が窺《うかが》われる。次の間の先に長い廊下が奥の方へ一直線に走っている。その左側に立派な座敷が二た間ならんでいる。廊下の右側はこんもりとした青葉の庭で、袖垣《そでがき》だの石燈籠《いしどうろう》だのが室内の電燈にぼんやり

照らし出されている。台所にも座敷にも廊下の柱にも、電燈は幾個となく点ぜられ、明るい上にも更に明るく、僅かな隅の陰影をも拭《ぬぐ》い去ろうとするように、煌々《こうこう》と光っている。表門の小さいのを意外に感じた春之助は、思ったよりも家の中が広いのを見て再び驚いた。この家の玄関はあたかも扇子の要《かなめ》の如く、見つきのささやかな割に、奥へ行くほどひろがっている。

「番頭さんどうぞお上がんなすって下さいまし。旦那は唯今御飯中ですが、構わないから連れておいでと仰っしゃってでございます」

こう言って、そこの障子からはいって来たのは又別な女中である。妾のお町がまだ浜町にいた時分、妾宅の小間使いをしていたお久という女で、その後一緒に別邸へ引き移り、今ではここの女中頭を勤めている。三人のうちでは年も一番ふけていて二十五六になるであろう。頤《あご》のしゃくれた、小鼻の紅《あか》い、おしゃべりらしい顔立ちは、お新に比べると劣っているが、すっきりした痩《や》せぎすの、どことなくお茶屋の女中めいた年増で、着物なども銘仙の縞物を纏《まと》っている。奥から下げて来た空《から》の銚子を板の間へ置い

て、今度はお鉢にお給仕の盆を抱えて、

「さあどうぞこちらへ」

と、もう一度欽三郎を促した後、自分が先へ立って奥の方へ引き返して行く。

父は春之助を連れて台所の板の間を跨《また》いで、次の間から廊下へ出た。するとそこに、勝手口からは見えなかった畳廊下が左の方へ岐《わか》れていて、観音開きの前を通ると突きあたりが螺旋《らせん》の梯子段になっている。二人はお久の後に従《つ》いて二階へ上がった。

二階は八畳と十畳の二た間続きである。

広い方の座敷に桑の食卓を据えて、湯上りの額をてかてかと光らせながら、主人はうまそうに例の器の中の物を摘《つ》まんでは杯の縁を舐《な》めていた。父は縁側へ畏《かしこ》まって、鞠躬如《きっきゅうじょ》として鴫居際《しきいぎわ》に両手をついたので、春之助も同じようにした。

「まあこっちへおはいり」と吉兵衛が言うのを、欽三郎はそうやったまま頻《しき》りに二三度お辞儀をして、一二分間遠慮をしてから、漸く室内へはいったが、それでも極めて端近《はしぢか》の方の、お給仕役のお久から又二三尺下がった所に親子二人は居流れた。

「お前が春ちゃんか、大変大きくなったね」

主人の声には冴《さ》えた、若々しい、子供のような純粋な調子があった。

「はい」と春之助は明瞭に簡単に答えた。自分は今この人に試験をされているのだと思うと、坐作《ざさ》進退の間にも自《おの》ずから非凡の神童たる閃《ひらめ》きを見せてやらねば、気が済まぬように感ぜられた。彼は出来るだけ言葉数を少なくして、出来るだけ発音を明晰に、且《かつ》出来るだけ落ち着いていようと考えた。

「お前さんが非常に学校がよく出来るので、きのう校長さんがわざわざ私の所へやって来て、どうかお前さんを中学へ入れてやりたいという話なのだ。お父さんはもともと奉公に出したい積りだそうだが、せっかく校長さんのお話もあることだから、お前さんが是非中学へ行きたいと思うなら、私の所から通ったらどうだろう。内にもちょうどお前さんぐらいの子供が二人いるから、その子供たちの家庭教師になって、日に一時間ぐらいずつ学科の復習をしてくれれば、外に別段用はない。そりゃ今までのように、お父さんの内にいるのとは違って、少しは骨も折れるだろうが、そこは我慢して貰わなければならない。どうだね、辛抱して見るかね」

「はい、辛抱いたします」

春之助は面を上げて、主人の顔をまともに見ながらはっきりと言った。その時始めて、彼は吉兵衛の風采《ふうさい》だの、座敷の中の様子だのを精細に観察することが出来た。主人は年の割りに頭の禿《は》げた、むっくりと肥えた福々しい男である。大人といえば学校の先生や自分の親父のような血色の悪い連中ばかりを見馴《みな》れていた春之助は、柔和で鷹揚《おうよう》で、しかもどことなく活気があり威厳のある吉兵衛の容貌《ようぼう》に接して、多少の敬意を払わずにはいられなかった。さすがに大商店の主人だけあって、自分が今までに知っている大人のうちでは、一番手ごたえがありそうに感ぜられる。次には室内の装飾である。薬研堀の自分の家などは唯《ただ》雨露を凌《しの》ぐというだけで何等の趣味も風情もなく、物質的の欲望に淡い春之助はそれで充分なように思っていたが、ここの座敷の模様を見ると、立派な住宅にはやはり一種の美感があって、室内装飾などというものも一概には軽んずべきでないことを教えられる。まず何よりも彼の視覚に快く沁み込んで来たものは、部屋を取り囲む茶褐色の砂壁の色である。表面にしっとりとした渋味のある艶消《つやけ》し色の砂を湛《たた》えて、底の方にきらきらと紙やすりの如く閃く粉末を含んだ壁の匂は、あたかも優雅にして高尚なこの家の生活の象徴であるかのように感ぜられ、今日まで貧窮に慣れていた少年の心の調子を、知らず識らず一種の全く異なった境界へ誘《いざの》うて行く力があった。次に春之助は、その壁と極めてデリケエトな釣合を保っている純白な鳥の子紙の、襖《ふすま》の色の対照を見た。襖なんかはどんな紙を貼り着けようと構わぬように考えていたけれど、この壁の色を見ればどうしても純白な鳥の子紙でなければならないように思われて来る。そうして天井や柱や長押《なげし》などに使用されている木材の肌《はだえ》が、いかにこれ等の凡《す》べての建具と塩梅よく調和しているかを、彼は讃嘆の眼を以って眺めた。その外床の間の掛軸《かけじ》だの違い棚の置き物だのという細かい品に対しては、ただ恍惚《こうこつ》とした心持ちで一と通り見渡したに過ぎない。ちょうど春光のうららかなる草原を瞰望《かんぼう》した旅人が、ひたすら駘蕩《たいとう》たる薫風に酔ってしまって、路傍にどんな花が咲いていたかも覚えていないと同じように、彼は一々それ等の品物が何であったかに留意する余裕を持たなかった。しかし春之助には、最後にもう一つ見なければならないものが残っていた。それは主人の吉兵衛から三四尺離れた所の空間に浮いている白い顔であって、実はこの座敷へはいって来た瞬間から、彼には疾《と》くに気が付いていたのである。春之助はその顔の持ち主がたしかに女、——恐らくは美人の評判の高いこの家の奥さんであることを知って、なるべく視線を向けないようにしていたのであるが、それでも眼球の端の方に始終白くちらちらと割り込んで来て、片時も彼の意識から去らなかった。彼の瞳《ひとみ》は、その白い顔を視ないまでも感ずることを余儀なくされていた。純潔な彼の心は女に対して何等の興味をも持たなかったに拘《かか》わらず、女の顔が所有している鮮明な色彩が、自然と彼の官能に影響し続けていたため、彼はどうしても彼の女の存在を忘れる訳には行かなかった。その意識がだんだん強くなればなるほど、彼は何となく羞《は》ずかしくなっていよいよ視線を避けるように努めていた。

「この女の顔を見たって差支えはないだろう。顧みて疚《やま》しい点がなければ、特に見ないでいる必要はないだろう」彼はこんな工合《ぐあい》に自問自答して、それから思い切って夫人の方を見守った。彼の女は先刻から婦女子の口を挿《さしはさ》むべき場合でないと考えたのか、主人と同じ食卓に対して、殊勝らしく両手を膝《ひざ》の上に重ねて、この時まで黙っていた。髪の名前や着物の地質は分らないが、源之助の芝居を見たことのない春之助にも、こんなのが意気な女というのであろうと朧《おぼろ》げながら察せられる。しかし飽《あ》くまでも夫人としての品格は備わっていて、前身が芸者であったらしい痕跡《こんせき》は、経験に乏しい彼の鑑識《かんしき》を以って発見することは出来なかった。それにこの婦人は、彼がこれまでに知っている多くの女とは驚くほど違った、格段に濃い黒髪と色沢のある皮膚と冴《さ》えた大きい瞳と、くっきりした輪廓《りんかく》とを持っている。凡《す》べて女は容貌が美しいと賢そうに見えるものだが、今しもこの婦人が謹慎の態度を装ってうつむき加減に端坐している有様は、いかにも聡明な深慮分別に富んだ、むしろ非凡な脳髄の所有者らしく想像される。この人が、この妖艶《ようえん》な容貌の人が、自分たちと同じような日本語を語り、同じような表情で笑ったり泣いたりするとしたら、何だかそれがひどく不思議な現象の如く感ぜられる。そうしてその現象は、やがて主人と春之助との用談が済んでしまうと、直ちに彼の眼の前に開展した。

「旦那、瀬川さんはまだ御飯前じゃないんでしょうか。何ならここで御一緒に上がったら」

と、お町は急にぱっちりと眼瞼を弾《はじ》いて、すばしっこく二人の顔を見廻しながら言った。

「いいえ、どう仕《つかまつ》りまして。手前どもはもう頂いて参ったのでございます」

欽三郎があわてて臀込《しりご》みをするほどもなく、

「大方済まして来たんだろう。内の晩飯は特別に遅いんだから」と、吉兵衛が無雑作に打ち消して、「己も御膳をよそって貰おう」と、飲み残りの杯を乾《ほ》して、御飯茶碗《ぢやわん》をお久から受け取った。

それから夫婦は飯を喰いつつ料理の出来栄えに就《つ》いてかれこれとやかましい批評を試みた。今夜の食卓に上ったものでは、鰆《さわら》の照り焼が一番上出来だと主人が褒めれば、お町もそれに同意して、「そう言えば暫く鳥のそぼろをたべなかったから、お新に拵えさせて、明日《あした》の晩たべて見たい」などと言った。一としきり話は食い物のことに移って、欽三郎までが参加して、一年中の季節々々の魚貝の味をどうのこうのと語り合った。春之助の父は、さすがに貧乏していても生粋《きっすい》の江戸っ子だけに、この方面では相当な智識や感覚を持っているらしく、立派に主人の話相手を勤め得た。そのうちにお町が「からすみというものは一体何から作るものだろう」という質問を発したのが端緒になって、うにだのうるかだのこのわただのの製法や産地に関する意見が、大分吉兵衛と欽三郎との間に交換された。それ等の食品のほとんど全部は、春之助の未《いま》だ曾《かつ》て見たことや聞いたことのない物ばかりであったが、彼は別段興味を以って耳を傾ける気にならなかった。しかしお町は頗《すこぶ》る熱心に二人の説明を謹聴して、時々「へーえ、へーえ」とさも感心したように息を引いた。どうかすると甚《はなは》だ突飛な奇問を提出して、いかに彼の女が無教育であるかということを曝露した。

「そういえばねえ旦那、偕楽園《かいらくえん》の支那《しな》料理に竜魚腸《らっちょん》というものがあるでしょう。あれは竜の卵だって言いますが本当でしょうか」

こんな風にお町が尋ねると、主人はおかしそうな顔もせずに至極真面目で悠然と答える。

「あれは大方腸詰《ちょうづ》めだろう。洋食にソオセエジというのがあるが、あれと同《おんな》じ物だろう」

「だっていつだかあすこの旦那に聞いて見たら竜の卵だって言いましたよ。やっぱり支那には竜なんてものがいるんですかねえ」

春之助は思わず微笑を禁じ得なかったので、うつむいたままくすくすと鼻を鳴らした。先《さつき》からこの夫人の口のききようを静かに観察していると、彼の女に対して抱いていた尊敬の念はだんだん彼の頭から消え失《う》せてしまった。そうしてとうとう「竜の卵」の質疑に至って、彼は極度の軽蔑と滑《こっ》稽《けい》とを感ぜずにはいられなかった。こんな綺麗な、賢そうな容貌と、こんな無価値な、暗愚な精神とが寄り合って一個の人間を作っているということは、精神のためにも容貌のためにも、何という悲しい矛盾であろう。彼はたまたまその矛盾に想到する時、この夫人に依って代表されている「女性」というものの全体を卑しむ心が強く萌《きざ》した。物質の過剰と霊魂の窮乏、——二者の不権衡な寄集りを具体化したものが女である。それ故女は一方に傾いた秤《はかり》のように不安定な存在物である。春之助はこの間審美学の本を読んで、調和ということが「美」の重大な一要素であると覚えていたが、そうだとすればかくの如き不調和な女性というものが少なくも美的でないことは論理的に証明し得る。何故主人の吉兵衛は、多大の犠牲を払い多額の金銭を浪費して、こんな女と同棲し、且《かつ》――恐らくは――こんな女に恋しているのであろう。どうしてそんなことを楽しんでいられるのであろう。やっぱり彼も理想の低い、物質のみを見て霊魂を見ない商人であるからだ。こう考えると、春之助はお町ばかりか主人に対しても自分の最初の判断が間違っていたことを悟った。「彼等夫婦を多少なりとも畏敬《いけい》すべき人間のように予想したのは、結局自分の買い被《かぶ》りであった。要するに彼等は風采が上品らしく見えるばかりで、下《くだ》らなさ加減は外の大人と同様である。自分は寸毫《すんごう》も彼等を尊重したり遠慮したりする必要はない。一旦この家の家庭教師となる以上は、子供は勿論親達をも自分の徳行を以って導いてやろう」彼は胸中にこういう健気《けなげ》な抱負を畳んで、その夜は一旦父と一緒に薬研堀の自宅へ戻った。

それから四五日過ぎて、明くる日からいよいよ中学校の新学年が始まるという宵《よい》に、彼は別邸の書生となるべく小舟町へ引き取られた。二三枚の着換えの外に大切な蔵書が支那鞄に一杯あるので、それ等の荷物を人力に曳《ひ》かせつつ父は再び春之助を送って行った。玄関の次の六畳の間が彼の部屋と定められて、いつ住み込んでもよいように綺麗に掃除がしてあった。欽三郎は三人の女中たちに一々悴《せがれ》を引き合わせて、「何分お願い申します」と言った後、

「それでは私は、これで今夜は帰るとしよう。旦那にも奥様にもお目にかからないが、お前から宜しく申し上げておくれ。――何もお前に言うことはないけれど、この間旦那が『あの子はいかにも血色が悪くてあまり丈夫でなさそうだから、体を大事にするように』と仰っしゃっていらしった。どうかお前もその積りでなるたけ体を壊さぬように勉強するがいい」

と、少し改まった調子で言い聴かして、「ではさよなら」と軽く会釈しながら書生部屋を出て行った。

春之助は部屋の中にたったひとり取り残されて、暫《しばら》くぼんやり据《す》わっていた。そのうちに誰か来るだろうと待っていたけれど、二十分立っても三

十分立っても主人は勿論女中の足音さえ聞こえなかった。やる瀬ない、取り付く島のないような淋しさが少年の小さな胸の中に充満した。生まれてから十三年の間、一日も欠かさず住み馴れていた薬研堀の家庭の有様、父のこと、母のこと、妹のことなどが思い浮かべるともなく浮かんで来て、彼は堪え難いなつかしさと恋しさに駆《か》られた。もしも今この部屋へ人がはいって来て、自分に何とか話し掛けたなら、きっと自分は泣き出すに違いないと危ぶまれた。彼は眼の前に積み重ねられた荷物を整理する勇気も失せて、一生懸命に涙をこらえた。

一時間あまり過ぎてから漸《ようや》く廊下に人のけはいがしてはいって来たのは吉兵衛である。「やあよく来た。それじゃお前さんに今子供たちを紹介するから、どうぞ面倒を見てやって下さい」こういう言葉の尾について、主人の後から二人の子供が恐る恐る附いて来た。「これがお前たちの先生だから、これから瀬川さんのいうことを聴《き》いて、分らないことがあったらば何でも教えて貰うがいい」と、吉兵衛は二人を顧みて言った。

子供たちは自分等の小学校の秀才として春之助の顔を熟知しているはずであった。彼が自分等の家庭教師に雇われるという話も兼ねがね言い含められていた。しかし自分等と同年配の少年が、父から「先生」と言う尊称を受けて厳然と端坐している様子を見ると、急におかしくなったものか、互に顔を見合わせてこっそり笑いながら丁寧にお辞儀をした。

春之助は威儀を正して礼を返した。彼の方では、主人の子供が自分と同じ小学校へ通っているという噂は以前から聞いていたものの、この時始めて二人の顔を見知ったのである。玄一の方は男子部の生徒で僅か自分より一級下の高等一年生であるから、どこかに見覚えがありそうなものだのに、会って見ると意外にも全く記憶に存しない顔である。こんな子供があの学校にいたか知らんと訝《あやし》まれるくらいであった。尤《もっと》もその容貌を注意して観察すると、なるほどこれでは人目に付かないのも当り前だと頷《うなず》かれる。第一、その子供の様子には少年らしい活気というものが少しもない。取りわけて不愉快なのは彼の血色である。肌理《きめ》の細かい顔の皮膚には生き生きとした紅味《あかみ》や黄色味が微塵《みじん》もなく、全体が静かに澱《よど》んだ濁り水のように青黒く澄み返って、長らく牢獄に幽閉せられた罪人の俤《おもかげ》を連想させる。目鼻立ちは整っているが、年のわりに小作りで表情が恐ろしく鈍い。両眼がいつも眠っているように閉じていて、物を視るにもぱっちりと瞳を開いた例《ためし》はなく、剰《あまつさ》え言語が頗《すこぶ》る明晰を欠き、一見して頭脳の敏活な子供でないことは誰にも洞察される。

「この子を教育するのはなかなか容易な業ではあるまい」と、春之助は直覚した。

姉のお鈴は彼より一級上の高等三年を今年修業して、明日から本郷の女学校へ通うのだと言う。春之助はお鈴を見ると、「この女なら覚えがある」と即座に心で合点した。自分は不断から異性の美に対して冷淡な人間であると信じていたのに、この少女の顔がいつの間にやら自分の頭へ印象を留《とど》めていたという事実は、我ながら意外な発見である。「女色は卑しむべきものだ。淫慾《いんよく》は卑しむべき感情だ」という道理を学問の上から教えられ、且《かつ》自分は絶対にそんな傾向のない男とのみ思い込んでいた彼は、聊《いささ》か自分が裏切られたように感じた。無論見覚えがあると言ってもたしかな記憶は残っていないが、今まで学校の往き帰りに、何度となく出会ったことだけはぼんやり胸に浮かんで来る。その容貌は輪廓の整っている所と、小作りな所と、女のわりに色の浅黒い所とが弟の玄一に似通っているけれど、両頬が子供らしい薄桃色に彩られて、母譲りの鮮やかな瞳が活潑《かっぱつ》に働くため、全く弟とは別種の美貌の如き観を呈している。母親のお町ほどの妖艶さはないとしても、一つ一つの道具立ては母よりも完全に近く締まっているから、相当の年齢に達して、或る一定の醱酵《はっこう》を経たならば、お町に勝る妖艶な柔らかみを持つであろうと期待される。欠点を言えば色の白くないことであるが、それも玄一のように青黒いのではなくて、むしろ浅黄色の、妙に人なつッこい媚《こ》びるような色合の肌である。

春之助を上座に据え、それと差し向いに二人の子供を据わらせて、吉兵衛は極く簡単な訓示を与えた。たとえ年配は同じであっても、知っての通り春之助は学校の先生たちから保証された秀才であるから、決して軽蔑してはならないこと。将来姉弟は春之助を「瀬川さん」と呼ぶこと。「瀬川さん」を教師に迎えたのは特に玄一のためであるから、彼は必ず毎日一時間以上規則的に学科の復習を監督して貰うこと。姉のお鈴も、成績が普通であると言って油断をしてはならないし、教わるに越したことはないから、玄一が勉強する時はなるべく一緒に机を並べて、三十分なり一時間なりお浚《さら》いをした方が、弟のためにも励《はげ》みになること。これから勉強する時はいつも「瀬川さん」の部屋、即《すなわ》ちこの書生部屋ですること。これだけの要旨を言い渡された後、二人は再び丁寧にお辞儀をして部屋の外へ去った。廊下へ出るとお鈴は高くからからと笑って、板の間をばたばた駈けて行く音が春之助に聞こえた。

その晩春之助は長い間寝つかれなかった。電燈を消して、真暗な書生部屋に独り蒲団《ふとん》を引き被《かつ》ぎながら暫《しばら》く物思いに耽《ふけ》っていた。やがて漸く眠りに就《つ》いたが、溜まらなく悲しい夢を見たので、二時間ばかり立った時分に又眼をあいた。夢の中で泣いていたものか、気が付いて見ると両眼に涙が溢れている。その夢が何であったかしっかり覚えていなかったが、父母《ちちはは》恋しさのあまりに見た夢であることは明らかであった。「ああ、自分は今まで聖人の道を学ぶと称しながら、何という親不孝な子であったろう。なぜあのように親を馬鹿にしていたのであろう。お父さんもおっ母《か》さんもどうぞ私を赦《ゆる》して下さい。そのお詫《わ》びには必ず将来親孝行をして御恩返しをいたします。もう十年か十五年の間です。どうぞ辛抱して下さい」彼はくらがりに手を合わせて伏し拝みつつ繰り返した。親へ孝行を尽くすためにも、自分はえらい人間にならねばならないと深く誓った。

四

明くる日の午前十一時ごろ、薬研堀の家の台所で母のお牧が洗濯物を揺すいでいると、突然春之助が表の格子戸を明けて黙ってひょっこりと上がって来た。今日は中学の授業始めで二時間ほどで済んでしまったから、帰りにちょいと立ち寄ったのである。実は大切な書物を一冊二階の押入れへ忘れて置いたから、それを捜しかたがた来たのであると、母親の顔を見るなり彼はさあらぬ体で言った。眼敏《めざと》い母は、例になく子供の眼の縁に微かな涙がにじんでいるのに心付いて、わざとそ知らぬ風をしながら、「そうだったかい。そんなら二階を捜してごらん」と、やさしい声で言った。

春之助は二階へ上がったきり暫《しばら》く降りて来なかった。「ああおっ母さん、今までは私が悪うございました。私はほんとに両親の有難さを知らぬ罰中《ばちあた》りな子供でございました。どうぞ今までの罪は堪忍して下さいまし」と、母に会ったら一と言詫びるつもりであったのに、いよいよとなると胸が塞って何も言えなかった。せめて妹のお幸が午飯《ひるめし》を喰べに小学校から戻って来るのを待ちたくって、彼は故《ことさ》ら用ありげに押入れの中を調べていた。

「ねえおっ母さん、僕はお昼をたべて行きたいが、何か御馳走してくれま

なる傾きがあることや、数え立てれば気位の高い彼の神経を悩ます事柄は沢山あった。中でも一番癪に触ったのは、今朝春之助が眼をさますと小間使いのお新がやって来て、「瀬川さん、まことに憚《はばか》りさまですが、この草箒《くさぼうき》木で表の往来を掃《は》いて下さいまし。門の前だけは、これから毎朝あなたにお頼み申すように、奥様のお言いつけでございますから」と、彼に命令したことである。教師としての尊厳を傷つけられるような、煩瑣《はんさ》な役目を負わせたらば断乎として拒絶してやろうと堅く決心していたものの、主人の言い附けだと言われればやっぱりそれほどの意気地も失せて、彼はおめおめと丁稚小僧のするような労役に服した。その不満足、その侮辱を母親に訴えたところで、母はどうする訳にも行かぬ。或《あるい》は「そのくらいな勤めは当り前だ」と言うかも知れぬ。殊《こと》に春之助として、そんな侮辱に甘んじている真相を他人に打ち明けるのは、自己の虚栄心が許さなかった。彼はあくまで井上家の教師たる資格を以って、世間の人に対したかった。

母に別れて小舟町の邸《やしき》へ戻ったのは二時過ぎであった。「今日は学校が十時ごろに済みましたので、帰りに薬研堀へ用足しに廻って唯今帰って参りました。母がよろしく申しました」と、彼はわざわざお町の前へ出て、私は奉公人とは訳がちがいますと言わぬばかりに、昂然たる態度で述べた。

小学校で儕輩《さいはい》を抽《ぬき》んでた春之助の頭脳は、中学校へはいってから再び忽《たちま》ち穎脱《えいだつ》して、一週間ばかりのうちに全級の評判となった。少しは手答えがあるか知らんと期待していた学科の程度も、教師の学殖も、彼に取っては小学校と変りがない。語学でも数学でも地理でも歴史でも、あらゆる学科に彼の能力は発揮せられて、授業時間のたびごとに教師を始め生徒たちは悉《ことごと》く驚異の眼を見張った。或る日修身の時間に、教師が「諸君は何のために学問を修めますか」という質問を提示して、五六人の生徒に答えさせた。「瀬川」と最後に呼ばれた時、春之助は立ち上がって、

「私は将来聖人となって、世間の人々の霊魂を救うために学問をするのです」

と、朗らかな調子で言った。どっという嘲笑《ちようしよう》の声が満堂の生徒の間に起こ

った。教師の顔にも皮肉な微笑が浮かんで見えた。

「君等は何を笑うのかあ！」

突如として春之助は渾身《こんしん》の声を搾《しぼ》りつつ火のような息で怒号した。

「何がおかしくて君等は笑うのだ。僕は嘘を言うのではないぞ。確乎たる信念を以って立派に宣言しているのだぞ！」

彼は眦《まなじり》を決し拳《こぶし》を固めて場内を睥睨《へいげい》しながら、仁王立ちに突っ立ったまま連呼した。教師も生徒も一度にぴたりと鳴りを静めて、満面に朱を注いだ彼の容貌を愕然《がくぜん》として仰ぎ見た。

「えらい！」

と、隅の方で微かに叫ぶ者があった。それは級中の腕力家を以って任ずる、落第生の中村という不良少年であったが、春之助に鋭く睨《にら》み返されると、卑怯《ひきょう》にもにやにやと笑って下を向いてしまった。

春之助は得意であった。ウォルムスの会議*に於けるマルチン、ルウテルにも匹敵す可《べ》き熾烈《しれつ》なる宗教的狂熱が、自分の胸奥に宿っていることを感知せずにはいられなかった。

「千万人と雖《いえども》吾は往かん矣《か》」と言った孟子の言葉を、彼はそぞろに想い浮かべた。幾多古来の英雄の、少壮時代に於ける奇蹟的行動の先例が、今さらのように記憶に上った。見よ、自分が一とたび眉を昂《あ》げて叱咤《しった》すれば、蠢々《しゅんしゅん》たる凡俗の徒輩は、一人として克《よ》く之《これ》に拮抗《きっこう》し得ないではないか。自分は決して、虚勢を張って衆愚を威嚇《いかく》するのではない。もしも自分の獅《し》子吼《く》が虚勢であったならば、いかに衆愚なりといえども自分のような青二才に威嚇されようはずはない。彼等が一喝に会《お》うて啞然《あぜん》として沈黙したのは、全く自分の人格の深い深い所から自然と湧き出た霊妙な精神の作用である。どっと一度に冷笑された時、春之助自身にすら未《いま》だ嘗《かつ》て予期しなかった不思議な力が我知らず燃え上がって、刹那に閃々《せんせん》たる電光を放ったのである。

「ああ、自分はやっぱり非凡な人間だったのだ。今日の出来事はそれを立派に証拠立てているではないか。有り難い、有り難い」

と、彼は私《ひそ》かに繰り返した。無限の歓喜と光栄とが彼の心に漲《みなぎ》り溢れるのを覚えた。奉公の辛さも薬研堀の家恋しさも、その日一日はきれいに忘れ果てた。

かくて春之助のために、学校生活は前よりもさらに一層愉快なものとなった。朝の八時から午後の二時三時まで、教室の机に向かっている間は、逆境に対する不平も悲観も消え失せて、いつも希望と自信とが多幸なる彼の前途を照らしているかに思われた。同級生は彼に「聖人」という綽名《あだな》を附けた。そうして彼もまた、その綽名を呼ばれることを、必ずしも不愉快には感じないらしかった。満堂の教師や生徒に舌を捲《ま》かせ、自己の虚栄心を満足させるような出来事は、その後ほとんど毎日毎時間のように起こった。

けれども授業が終わって一とたび学校の門を出ると、彼の心は忽《たちま》ち憂《うれい》の雲に鎖《とざ》され、懊悩《おうのう》の陰を宿すのが常であった。「自分はこれから嫌な嫌な主人の邸へ戻らなければならないのか。もしもこのまゝ両親の許へ帰って、そこから通学が出来る身の上であったなら、どんなにか嬉しいであろう」

そう考えると、足はどうしても小舟町へ向かなかった。彼は母親や自己の良心にいろいろの言い訳を拵えて、三日に挙《あ》げず薬研堀の家へ立ち寄った。

「なあにおっ母さん、毎晩一時間か二時間ぐらい子供たちのお浚《さら》いをしてやれば、後は私の勝手なんだから別に差支えはないんですよ。旦那にしろ奥様にしろ、私を奉公人のようには取り扱っていないんだから」

悴がこう言うと、母のお牧は半信半疑に思いながら、親子の情に惹《ひ》かされて別段咎《とが》め立《だ》てをしようともしなかった。ただ春之助があまりゆっくりして、夕方父の戻って来そうな刻限まで遊んでいると、「もう帰ったらいいだろう」と気の毒そうに彼を促した。そうして、春之助が不承不精に立ち去った後で、「兄さんが来たことをお父《と》っさんにしゃべってはなりませんよ」と、きっと妹のお幸を警《いまし》めた。

それほどにしてくれる母の情を、蔭では彼もよく知っていた。知っていながら叱り手のないのを幸いに、ますます頻々《しげしげ》と薬研堀へ廻っては道草を喰い、小舟町へ帰るのは大概五時か六時であった。

「今日はお前が来るだろうと思って、おしるこを拵えて置いたから賜《た》べておいで」

母も折々こんなことを言って、お茶受けの賜《た》べ物《もの》を用意して待っているようになった。そのお茶受けを遠慮会釈なく貪《むさぼ》り食うのが、春之助にはこの上もない楽しみであった。「おっ母さん、明後日《あさって》来る時には小豆《あずき》を煮て置いて下さい」「すいとんのお露をたべさせて下さい」などと、彼は遊びに来るたびごとに頑是《がんぜ》ない小児の本性に復って母に甘えた。たまたま薬研堀へ廻らずに、学校からまっすぐ小舟町へ戻って来たりすると、午後の三時前後には必ず非常な空腹を覚えて、餓鬼のような食慾が起こった。主人の家でもお茶受けの時刻となれば、奉公人一同へほんのお印に餅菓子《もちがし》類が行き渡るのであったが、そんな些細《ささい》な分量では到底春之助の饑《う》えたる腹と心とを充《み》たす訳には行かなかった。新杵《しんきね》のカステラや清寿軒の金鍔《きんつば》などを僅《わず》か二た切ればかり紙に包んで与えられると、彼はさも残り惜しそうに端の方から少しずつ割って賜《た》べて、さて喰い終わると、せっかく誘《いざな》いかけられた食慾が中途半《はん》ぱで阻止されたために、かえって激しい饑《ひも》じさを感じた。自分の監督している子供たちが奥の間に臥《ね》そべって、自由に菓子や果物を頬張っている有様を、彼は堪え難い羨望《せんぼう》の目を以って時々ちらちらと窃《ぬす》み視た。毎朝同じ時刻に女学校へ出かけて行く娘のお鈴と彼との間には、弁当のおかずにまで大変な相違のあることを、春之助は見ぬ振りをしてその実ちゃんと気が付いていた。何かの都合でお鈴の方の剰《あま》り物《もの》が自分の弁当箱へ詰められたなと知った折には、学校へ行っても昼飯の時間が待ち遠でならなかった。どうかすると、食物に対する貪慾《どんよく》の情が一日彼の頭脳を支配して、仕事も何も手につかないことさえあった。或《あ》る晩、彼は台所の板の間を通り過ぎようとして、うまそうな焼鳥の肉が西洋皿に盛られてあるのを横眼で見た。女中のお辰が後ろ向きになって庖丁《ほうちょう》を使っている隙に、彼は素早く肉の一と切れを指に摘まんで口の中へ投げ入れたまま、書生部屋に戻って行ったが、好い塩梅に誰も見咎《みとが》めた者はなかった。

日を経るままに春之助は、だんだん奉公の悲しみを忘れるように馴らされて来た。学校へ行けばいつも褒められる。実家へ寄れば母親が歓待してくれる。主人の家へ遅く帰っても叱言を言う者は一人もない。さもしい根性の見え透くような行為があっても、周囲の人は気が付かぬらしい。「何をしようと自分はぼろを出すはずはない」というような安心が、いつの間にか彼の胸中に築き上げられた。「善にせよ悪にせよ、自分の行為は凡《す》べて天から許されているのだ。少しぐらい我《わ》が儘《まま》な振舞いをしたとて、自分は決して堕落するような人間ではない。天才はどこへ行っても常に天才に適《ふさ》わしい幸運が付いて廻るのだ」彼はそう思って、深く自らの宿命を恃《たの》んだ。

五

小舟町の一家のうちで、春之助は自分よりも憐れな境遇にいる人間のあることを知った。それは悴《せがれ》の玄一であった。

吉兵衛は勿論《もちろん》、継母のお町にしても、表立って彼を虐待するような様子は見えないが、何故か玄一は始終八方へ気兼ねをして、いつも淋しそうにいじけていた。春之助という家庭教師が雇われてからは、学校が引けても学科の復習に気を取られて、めったに戸外へ遊びに出る暇もなかった。何事にせよ直接母親に訴えることは嘗《かっ》てなく、必ず女中頭のお久の顔色を窺って、おずおずと彼の女に申し出た。お久はお町の芸者時代から召し使われて、主人夫婦の古い関係を熟知しているだけに、或る場合には主人以上の権力を持つ女であった。母のお町が自ら面倒を見てやるのは姉のお鈴に限られていて、玄一の方は着物や小遣いの世話に至るまで、いっさいお久が切り廻していた。彼の女が折々癇癪《かんしゃく》を起こして主人の息子を叱り飛ばす口吻《こうふん》は、朋輩《ほうばい》の女中に対する時とほとんど相違がないほどであった。

春之助は玄一を可哀そうだとは思ったが、痛切な同情を寄せて、是非とも彼を立派な人間に教育してやろうというほどの、熱烈な義侠心《ぎきょうしん》は持つことが出来なかった。たまたまそんな気になっても、教えて見ると何一つ覚えないで、傍から傍から忘れて行く愚鈍さ加減に呆《あき》れ返り、同情も熱心も頓《とみ》に消え失せてしまうのであった。「こんな人間はとても救うことが出来ない。この子は世の中に生まれない方が仕合せであったのだ。このような子はむしろ放って置く方が天理にかなっているのだ」こういう風な考えから、彼は玄一に対して通り一遍の役目を果たす外、積極的に何等の愛憎をも抱こうとしなかった。

「この子を憐むのは徒労である。この子を叱るのは更に徒労である」そう思って、頗《すこぶ》る冷淡な平静な態度を持していた。啻《ただ》に玄一ばかりでなく、彼はほとんど家中の凡《す》べての者に、出来るだけ冷静な、傍観的な態度を示そうと努めた。女中頭のお久が玄一を叱りつけていばり散らしているのを見ても、小間使いのお新が底意地悪く自分を書生扱いにしても、彼等を相手に憤慨するのは、自分の値打ちを傷つける所以《ゆえん》であると、高く自らを評価していた。

或る時春之助は学校の帰りに、例の如く薬研堀へ寄って六時近くに戻って来ると、折悪しくも台所にはもう電燈が点ぜられて、三人の女中たちは夕飯の支度に忙しく、主婦のお町までが勝手口へ出張して料理の指図をしている最中であった。

「瀬川さん、お帰んなさいまし」

お町は彼の姿を見ると、いやに鄭寧《ていねい》な切り口上で、胡散臭《うさんくさ》そうにじろじろと顔色を窺った。春之助はぎょっとしたが、すぐに平気を装って、

「唯今《ただいま》」

と、一と言落ち着いた声で言った。そこへばたばたと駈けて来たのはお鈴であった。ちらりと母親に眼くばせをして、

「瀬川さんの学校はずいぶん遅いのね。あたしの方なんか毎日二時頃に引けるのよ」

と言った。

「そりゃあそうさ」と、お町が後を引き請《う》けて、「……お前さんの方は女

学校だけれど、中学は又そうも行かないやね。それに瀬川さんはお前のような怠け者とは訳が違うから、大方授業が済んでしまっても、いろいろ研究なさることがあるんだろう」

春之助は両頬に微《かす》かな冷笑を浮かべて、二人の話を黙殺したまま傲然《ごうぜん》と書生部屋へはいってしまった。「親の家へ寄って来るのが悪いというなら、堂々と攻撃するがいい。自分は立派に申し開きをして見せる。下らぬあてこすりを言ったって、己は相手になりはしないぞ。お前等のような人間の取るに足らぬ皮肉なぞを、一々気に懸《か》ける己ではないぞ」こう春之助は言ってやりたかった。お町を始め女中共が、自分に対して遠慮がちな皮肉より外言えないのかと思うと、彼は非常に満足であった。

「どうもあの子は気心が知れない、なるほどしきりなしに勉強しているから学問は出来るに違いなかろうが、用をさせても気転が利かず、話をしても愛嬌《あいきょう》はなし、皮肉を言っても更に通じないし、全体悧巧《りこう》なのか馬鹿なのか、私どもにはさっぱり様子が分らない。あんな子供がどうして評判になったのだろう。旦那もずいぶん酔興《すいきょう》な真似をなさる」

お町は女中達と一緒になって、しばしばこんな蔭口をきくらしかった。彼等の眼から観《み》れば、春之助は神童どころかむしろ玄一と択《えら》ぶ所のない、ぼんやり者としか受け取れない。何か滑稽な出来事などがあって、家中の者が声を揃えて笑い崩れるような際にも、春之助と玄一だけは無神経な顔つきをして済まし込んでいる。嘗《かっ》て別邸の二三軒先にぼやが起こった。本店から小僧が駆けつけるやら、出入りの職人が飛び込んで来るやら、一同がてんてこ舞いを演じた大騒動の場合ですら、二人はぽかんとして学科の復習を続けていた。

「あの二人は特別だよ。ほんとにまあ、よくもあんな同《おんな》じような大勇人が揃ったものさ」

その時ばかりは余程お町も呆《あき》れ返って、わざと甲高《かん》い声を立てて、聞こえよがしにこう怒鳴った。

「あのぼんやりが学校へ行くと優等生だそうだから、ほんとに驚くじゃございませんか。うちのお嬢さんの方がズッとてきぱきしていらしって、いくらお悧巧だか知れや致しませんよ」

こう言ってお久が憎々しげに合槌《あいづち》を打った。

「なあにお久どん、学校の成績なんぞが何であてになるもんですか。先生におとなしいなんて褒められる子供は、世間へ出ると大概役に立たないもんだから御覧なさい」

お新が例の物知り顔をして口を挟《はさ》んだ。

こういう際に下働きのお辰だけは悪口の仲間へ加わらなかった。春之助は初めてこの家の台所へ訪ねて来た時、お辰の眼つきを一番意地が悪そうに思って、内々恐れていたのであるが、附き合って見ると、彼の女は三人のうちで最もたちのよい、性質の素直な好人物であった。体は無恰好に太っているし、正直なわりに頭の働きは鈍いし、おまけに先々月雇われたばかりの飯《めし》焚《た》き女《おんな》で、奥向きの用事などに関係のないところから、彼の女は自然と外の二人に馬鹿にされがちであった。何か台所に失策があると、お久やお新はいつもその罪を彼の女になすり着けるので、お辰は時々くやしがって蔭でめそめそと泣き暮らした。

「ねえ瀬川さん、ここはまあ何という意地悪な人間ばかりが揃っているんでしょう。旦那様はどうだか知れないが、奥様始めお久どんにしろお新どんにしろ、一人残らずみんな根性が曲がっていて、悪知慧《わるぢえ》ばかりいやに達者で、私ゃつくづく恐ろしい人たちだと思いますよ。それにまあどうでしょう、あのおとなしい坊っちゃんをみんなで以って寄ってたかって馬鹿にしてさ。あれじゃまるで奉公人だか主人の子だか分りゃあしない。私なんぞは明日にもお暇を頂いて出て行く気だから構わないけれど、坊っちゃんはお可哀そうじゃありませんか。ねえ瀬川さん、どうぞあなたシッカリと坊っちゃんに学問を仕込んで、立派な人間にして上げて下さいよ」

何かにつけてお辰は春之助にしんみりと愚痴をこぼしたり、忠告したりした。その生真面目な様子やら態度やらが、気の毒というよりもむしろうるさく感ぜられて、春之助はいつも「ふん、ふん」と面倒臭そうにあしらいながら、好い加減な生返辞を繰り返すのであった。

「お前も馬鹿な人間だ。己はお前なんぞに同情を寄せるような、低級な慈悲心は持っていないのだ。己の眼からは、お前もお久も主人のお町も、皆一様に可哀そうな、下らない人間に見えるのだ」

彼はお辰に泣き付かれるたびごとに、何となく自己の品格を傷つけられるような気がして、腹立たしく思いながら密《ひそ》かにこんな文句を呟《つぶや》くのである。

魯鈍《ろどん》な代りに玄一は春之助の言い附けを柔順に遵奉《じゅんぽう》して、毎日二時間でも三時間でも、不承不精に机へ向かって勉強する。

「坊っちゃん、せっせとお稽古《けいこ》をなさらないじゃいけませんよ。今度落第なすったら、小僧にやられてしまいますよ」

こう言ってお久に威嚇《おどか》されるのが、嫌いな学問に頭を悩ます辛さよりも、彼には一層辛いらしかった。反対に姉のお鈴は最初春之助を軽蔑していた。弟と一緒に復習に取りかかっても、甘んじて春之助の教えを乞うことはめったになく、独りでずんずんお浚《さら》いを済ませて、半時間も立てば勝手に席を立ってしまう。尤も彼の女は学校以外に長唄《ながうた》と琴の稽古があって、一日置きに師匠の出教授を受けている。「玄ちゃんと違って、私はなかなか忙しい体なのよ。それでも立派に学校をやって行けるのだから、何も弟のお附き合いをしてあなたに監督されるには及ばないわ」と言うのが、一面に於いて彼の女の誇りであり、我《わ》が儘《まま》の種であった。そうして、たまたまむずかしい宿題などを課せられて、よくよく手に負えぬ場合があると拠《よ》んどころなく我を折っていやいやながら春之助に相談を持ちかける。どうかすると、故《ことさ》ら彼を困らせてやろうという目的で、不意に途方もない難問題を担ぎ出すことがあった。春之助はこの生意気な娘に対しても、等しく寛宏《かんこう》な無頓着な態度を以って臨んでいた。彼の女が自分を凹《へこ》ませてやろうという悪意のあることは見抜いていたが、彼はかえって難問の提出される機会を待ち構え、「神童」の真価を発揮して即座に明晰な解釈を与えてやるのを、何よりも痛快に感じていた。実際彼はお鈴からいろいろな質疑の矢を向けられても、それが馬鹿げ切った非常識な問題でない限り、大概うろたえた例《ためし》がなかった。英語でも数学でも地理でも歴史でも、お鈴の質問がますます多岐《たき》に亙《わた》り、突飛《とっぴ》に流れれば流れるほど、それを縦横に説明する彼の豊富な学識の深さは、ほとんど測り知れなかった。「よく己はこんな些《さ》細《さい》なことを覚えていたものだ」と、彼は自ら反《かえり》みて自分の記憶の確かさを祝福することとさえあった。やすやすと解釈を与え終わって、お鈴の顔を見かえす折の彼の表情には、いくら平静を装っても包むに余る得意の色が動いていた。

「どうだ、お前は今こそ私のえらさが分ったであろう。お前はなかなか悧巧な娘だ。お前は私より一つ歳上だから、自分の方が賢い大人の積りでいるかも知れないが、しかし私は少しばかり普通の子供と違っているのだ。生意気な真似はやめにして、己に降参するがいい。そうすればお前は、今よりももっと悧巧な人間になれる」

こういう意味を、彼の眼つきが語っているようであった。お鈴は計略の狙《ねら》いが外れて残念に思いながら、内心彼の不思議な智力に対する驚嘆の情が、次第々々に増して来るのを覚えた。彼の女は、春之助が弟よりも自分を教える時に余計熱心で懇切《こんせつ》で、張合いのありそうな口吻を洩らすのを、早くも心付いてしまった。遂には玄一の前で、「自分の方が弟よりも話のわかる、悧巧な少女である」ということを見せびらかしてやりたいために、故意に頻々《ひんぴん》と高尚振った質問を春之助に試みた。二人の間には言わず語らず師弟の情に似通った、馴れ親しみが生ずるようになった。いつであったかお鈴は春之助から教わった事実が、明くる日女学校の先生に聴いて見たら違っていたと言い出して、彼と争ったことがあった。

「それは大方先生の方が間違っているのです。明日学校へいらしったら、もう一遍先生に尋ねてごらんなさい」

と、春之助はきつく言い張った。お鈴は彼の負け惜しみを小面憎しと感じつつ、翌日先生に再び念を押して見ると、果して春之助の予想通りであった。

「どうです。先生は何と言いました」

その晩春之助がこう言って詰《なじ》ると、彼女はしらじらしく済まし返って、

「やっぱり先《せん》の通りでいいんだって仰っしゃったわ。瀬川さんの方が間違っているのよ」

と、嘘をついた。しかしそれ以来、彼の女は深く春之助に敬服したらしく、前よりも一層信頼の度を強めた。


やがてその年の七月になって、三人の少年はそれぞれの学校から、学期試験の成績を受け取った。言うまでもなく春之助は全級中の首席を占めて、神童の誉れはいよいよ高く、今までの中学校には前例のない破天荒な優等生と持て囃《はや》された。既にその頃の彼の頭脳は高等学校くらいの程度に進歩していて、試験の準備などほとんど片手間の仕事であった。あまり学校が楽過ぎるので、四月時分からこつこつと独逸《ドイツ》語の独学を始めたのが、今ではそろそろレクラム版のクラシック物を、字引きを引きながら辿《たど》り行くま

でになってしまった。英訳のプラトン全集を熟読して非常に感奮させられた彼は、早く原書でショオペンハウエルに親しみたいと焦慮《しょうりょ》した。彼の性好はますます哲学に傾き、彼の思索はだんだん奥深い唯心論の理路に分け入った。「生きるよりもまず疑うこと、行なうよりもまず悟ること」が必要だと彼は思った。小学校時代にぼんやり考えていたような、あやふやな人生観を根柢《こんてい》から破壊して、善も悪も神も一旦悉く《ことごと》否定し去って、自分は充分に質疑し煩悶《はんもん》し、然《しか》る後貴い古《いにしえ》の聖者の如く廓然として大悟しなければならぬと、彼は頻《しき》りに心を鞭撻《むちう》った。「目下のところ、己は善人でも悪人でもない。人に向かって道徳を教うる確信もなければ不道徳を斥《しりぞ》ける権威もない。これでも己は聖人になれるだろうか」そう気が付くと彼は後ろから追い立てられるようになって、終夜熱心に読書したり瞑想したりすることがあった。

姉のお鈴の成績も、全級中の五番という割り合いに優等な出来栄えであった。

「お鈴や、お前がこんなによく出来たのも瀬川さんにお稽古をして頂いたお蔭だから、そのつもりでお礼を言わなければいけませんよ」

母親はこう言って、わざわざ春之助の前へ娘を呼び出して丁寧なお辞儀をさせた。小さな家庭教師は、その時始めて有難みを認められて、お町夫人から珍しく機嫌のよい感謝の言葉を受け取ったのである。

お鈴の次に呼び出されたのは玄一である。彼は血の気の失せた、心配そうな顔を擡《もた》げて恐る恐る継母の面色を窺いながら畏《かしこ》まった。

「玄一さん、一体あなたのこの成績はどうした訳なんでしょう」

と言って、ぐっと横眼で睨《にら》み付けた夫人の眸《ひとみ》は険しかったが、玄一は返答の言葉もなくうなだれてしまった。外の二人の好成績には及ばぬけれど、これまで彼は級中の末席にばかり据えられていたのに、今度辛《かろ》うじて終りから三番目へ漕《こ》ぎ付けたのだから、少しは褒《ほ》められてもよさそうなものを、お町はなかなかそのくらいの出来栄えで容赦しなかった。

「……何のために瀬川さんという先生を内へ置いたんです。みんなあなたのためを思って、お父様がして下すったことなんですよ。姉さんは学校が一と通り出来るから心配はないけれどあなたがあんまり出来な過ぎるからと仰っしゃって、瀬川さんをお頼み申したんじゃありませんか。それだのにせめて奮発して人なみの成績でも取って来ることか、相変らずびりっこけの方じゃ、あなたはとにかく私たちが世間へ対して極まりが悪くって仕様がありません。……こう言うと何だか瀬川さんの教え方が悪いように取れるけれど、私は決してそうだとは思いませんよ。現に姉さんを御覧なさい、瀬川さんの御厄介になったお蔭で、今度は立派な成績を取ったじゃありませんか。端《はた》の者がいくら気を揉《も》んでも、御本人がその積りでミッシリ勉強しなかったら、何の足しにもなりゃあしない。……いずれお父様からお話があるでしょうから、私は何も言いませんけれど、あなただってちっとはお父様に申し訳がないと思って下さらなきゃあ困りますよ」

玄一はお久を通してたびたび不愉快な皮肉を言われた覚えはあるが、お町の口から直接厳しい叱言《こごと》を聞かされたのはその日が始めてである。夜になると、彼は再び夫婦列坐の席へ呼び出された。子供に対してついぞ声色を励ましたことのない父の吉兵衛が、例になく怒気を含んで、「お前はまた落第をするつもりか。もっとしっかり勉強しなけりゃいかんぞ」と、極めて激しい句調で言った。ことに依ったら、父は継母に迫られて拠《よ》んどころなく怒った振りをしているのではあるまいかと、子供心に玄一は邪推した。

「それでね玄一さん、今もお父さんと相談したのですけれど、これからは夏休みになるのだから、毎日朝の八時から十二時まで、日に四時間ずつ必ず復習をなさるように極めなさいよ。ようござんすか」

父の言葉の尾に附いて、母親が更にこんなことを言い足した。「お父さんと相談した」とは言うものの、この命令は恐らくお町自身の発案に相違なかった。いかに玄一の成績が悪いからとて、七八月の暑い最中に毎日四時間の勉強は酷に失している。それでは何のために学校が暑中休暇を与えたのか全く無意味になってしまう。殊《こと》に玄一は決して不勉強な子供ではないのである。小学校の生徒としては、むしろ過度の時間を割《さ》いて復習に精を出すのだが、生まれつき頭脳が低能なために効果を齎《もた》らさないのである。こんな因循な子供には学問よりも一層運動を奨励して、快活な戸外遊戯をやらせた方が、かえって精神の修養になるかも知れぬ。そう思って、同じ席に連なっていた春之助は心私《ひそ》かにお町の無法を憤った。第一母親にかかる暴威を振るわせて黙過している吉兵衛の了見が分らない。なんぼ惚れた女房でも、こんな我が儘を許して置くという法はない。春之助はそう心付きながら、やっぱり自分も自ら進んで玄一のために弁護の労を取る勇気は出なかった。すると又もやお久がそこへ嘴《くちばし》を入れて、

「ほんとうにそのくらい御奮発なさらなけりゃあ駄目でございますよ。これからは私も充分に気を付けておりますから、もし坊っちゃんが瀬川さんの言い付けをお守りなさらないようなことがあったら、すぐお父様に申し上げますよ。……どうぞ瀬川さんもそのお積りで、あなたの手にあまる事があったら、御遠慮なく仰っしゃって下さいまし」

「全くですよ瀬川さん」と、お町が言った。「ほんとうにもう主人の子供だなぞと思わないで、あんまり物覚えが悪かったら、ちっと骨身に答えるように叱ってやっておくんなさい。あなたは学校の先生も同じことなんだから、場合に依ったら仕置きをしてやって下さいまし」

「はあ、畏まりました」

と言って、春之助は笑いながら両手をついた。今まで自分を軽蔑していたお町とお久が、急に自分の実力を認識して、心から家庭教師の地位と権威とを与えようとする様子が、俄《にわ》かに彼の虚栄心を満足させた。平生取るに足らない小人の徒輩の如く侮《あなど》っていたこの夫人から、慇懃《いんぎん》な言葉で頼まれたことが、学校の教師に褒められたより遥かに嬉しく感ぜられ、彼はさながら身に余る光栄を負うたような心地がして玄一に対する憐愍《れんびん》の情は忽《たちま》ちどこかへ消え失せてしまった。

長い長い暑中休暇が到来して、学校の帰りに薬研堀で道草を喰う機会のなくなったことは、春之助に取って少なからざる苦痛であった。

「少々調べたい物がありますから上野の図書館へ半日ばかり行って参ります」

こんな口実を拵えて、彼は十日に一度くらいずつ母親の顔を見に出かけた。喰い物に対する意地穢《いじきた》なはますます募《つの》るばかりであった。毎日のように羊羹《ようかん》がたべたくなったり、今川焼きが欲しくなったり、牛肉の匂が鼻に附いて溜まらなくなったりした。図書館行きの電車賃を使わずに置いて、そっと近所の露店へ駆け付けて買い喰いをする癖が、毎晩止められなくなってしまった。

「ああ、己は何というさもしい人間になったのだろう。どうしてこういう浅ましい行為をするのだろう。明日の晩から必ず止めてしまわなければならない」

時々彼はハッと思って、自ら堅く警《いまし》めて見るが、明くる日の宵《よい》の口になると不思議に我慢がし切れなくなって、こっそりと裏口から飛び出して行く。どうかすると菓子の袋を懐へ押し込み、大急ぎで駈けて帰りながら、家へはいるまでに残らず平らげて平気な顔をしていることがあった。

けれども彼は夫人から依嘱された職務の執行には忠実であった。毎朝四時間の授業といえば、教える方の身になってもかなり大儀な仕事であったが、春之助は以前のように冷淡な態度を取らず、諄々《じゅんじゅん》として教え且《かつ》励ました。

「玄一さん、このくらいな事がどうして覚えられないんです。もうこれで五六たび教えて上げたじゃありませんか。忘れたのなら思い出すまで考えてごらんなさい。そんなにぼんやりしているから、あなたは学校を落第するんだ」

こう言って、彼は熱心に卓を叩きつつ時々奥の間の夫人の耳へ聞こえよがしに、わざと冷罵《れいば》の声を張り上げた。

「まあ御覧よ、この頃の瀬川さんの熱心なことッたら！　あんなにまで骨を折らせてそれで手答えがないんだから、端《はた》で見ていてもやきもきすらあね」

お町はその声の聞こえるたびに、こう言って春之助の労をねぎらった。

「瀬川さん、あなたも全く大抵じゃあなかろうって、この頃は始終奥様が言い暮らしていらっしゃるんですよ。ほんとにまあ、蔭で聞いているとまるであなたが夢中になって、一生懸命なんですものね。あれで奮発なさらないようなら、実際坊っちゃんは罰中《ばちあた》りさ。――どうでしょう、それでもちっとは身に沁《し》みて覚えるようになりましたか知ら」

授業の後でこんな具合にお久が尋ねると、春之助はさも疲れたらしく額の汗を拭《ふ》きながら、

「どうも玄一さんの覚えの悪いには呆れてしまいます。私も奥様のお言葉がありますから、出来るだけの面倒は見るつもりで、ずいぶん口を酸っぱくして叱言を言うんだけれど、此方《こちら》の真心が半分も向うに通じないんです」

と、半ばは弁解するような、半ばは追従《ついしょう》するような句調で言った。気のせいか知らぬが、彼に対するお町の仕打ちにはだんだん温情が加わって来る

ようであった。お茶受けにくれるお菓子の数にまで懇切な思いやりが見えて、時に依っては日に二三度もいろいろな茶菓の心づけに与《あずか》ることがあった。「この暑いのにあものべつに教えていては、瀬川さんも嘸《さぞ》かし咽喉《のど》が渇くだろう」と、まだ昼飯の済まぬうちからバナナや水蜜《すいみつ》を与えられる。「あんなに遅くまで勉強していたらきっとお腹が減るだろう。玄一のために昼間の時間は潰《つぶ》されてしまうのだから無理もない」と言って、夜が更《ふ》けてから天ぷらそばを恵まれたりする。うで小豆や今川焼の類《たぐい》より外にたべたことのない春之助は、いろいろと贅沢でハイカラな食物の味を覚えさせられた。アイスクリイムというものは薬研堀の縁日に売っている一杯五厘の氷水のことだと思っていたのに、或る日お久が「このアイスクリイムは奥様のお余りだから頂いてごらんなさい」と言って、寄越してくれたコップの中のねっとりした流動物を何の気なしに一と匙《さじ》すくって舐《な》めて見ると、さながら舌のとろけるような、びっくりするほどの甘さであった。或る時は又「これも奥様のお余り」だという食い残りの茶碗蒸しを夕飯の膳に供せられた。どんな精巧な料理法で拵えたものか分らぬが、茶碗の中には春之助の大好きな鶏卵の濃い汁が、さもおいしそうにこってりと凝り固まって、底の方にはあなごだのくわいだの蒲鉾《かまぼこ》だのが堆《うずたか》く密閉されている。それを一つ一つ箸《はし》で掘り出して汁と一緒に口の中へ含んで見ると、あまりの美味に恍惚として、このまま一と息に嚥《の》み下すのが惜しいような心地さえする。全く彼は生まれてから一遍も、こんなにうまい卵の料理を味わったことがなかった。玉子焼やオムレツの味などはこの茶碗蒸しという物に比べると、到底足もとにも及ばない。こんなに贅沢な細工の込んだ食物を毎晩のように賜《た》べている主人夫婦は何という幸福な身の上であろう。何という羨《うらや》ましい境遇であろう。あんな生活をしていたら、月にどれほどの費用がかかるであろう。そうして、その莫大《ばくだい》な生活費を易々《やすやす》と支弁して行く当家の主人は、一体どのくらいな収入があるのだろう。そんな事まで春之助は考えずにいられなかった。彼は「奥様のお余り」を貰うことが何よりも楽しくなってしまった。晩飯の時刻になれば心私《ひそ》かにお余りの下がるのを待ち設けて、たまたまあてが外れるとひどく物足りない気持ちになった。

お鈴は毎朝玄一の叱られるのを見物したさに、自分の復習が済んでしまっても、二人の傍へ机を据えて勉強の体を装いながら、折々春之助と顔を見合わせて嘲《あざけ》るような薄笑いを交換した。

「鈴子さん、あなたはこの字を覚えていらっしゃるでしょう」

玄一が質問に行き詰まると、彼は散々口汚く叱り飛ばした揚句《あげく》に、必ずこう言って姉娘を顧みる。

「ええ私知ってるわ。その字は尋常科の読本にだって沢山あるわ」

姉娘は問いに応じてすぐに答える。

「そら御覚なさい、姉さんはあの通り覚えていますよ」

「覚えているのは当り前だわ。私でなくったって、尋常科を卒業した人ならこんな字ぐらい誰だって知っててよ。知らないのは玄ちゃんだけだわ」

「そうですとも、――私の叱言なんか玄一さんには答えがないんだから、ちっと鈴子さんから仰っしゃって下さらなきゃあ困ります。ねえ玄一さん、あなた姉さんにああ言われたら、少しは口惜《くや》しいと思いませんかね」

二人はこんな調子で面白そうに悪体を言い募り、やがて玄一がしくしくと忍び音に泣き出したりすれば、

「おやおや、とうとう泣き出したのね。ちょいと玄ちゃん、何が悲しくって泣いてるのよ！」

「鈴子さん、構わずに放って置いた方がよござんすよ。泣くなら勝手に泣かしてお置きなさい。そんな意気地なしだからいつまで立っても学問が出来ないんだ」

こう罵《のの》り合って、彼等は迭《かわ》る迭る玄一の顰《しか》め面《つら》を覗き込んだ。不断から表情の鈍い、起きているのか眠っているのか分らないような玄一の顔が奇態に歪《ゆが》んで、鼻の穴と唇の周囲が醜い恰好に膨れ上がり、両眼からぽたぽたと涙を流す様子を眺めると、春之助は何となく一種の快感に唆《そそ》られるのを覚えた。「天才はあらゆる人間の心理を理解する。古の暴君と言われた人々は、恐らくこういう種類の快感を強烈に要求する人間なのであろう」

と、彼はぼんやり想像した。

いつの間にか彼は玄一に対して、お町よりもお鈴よりも残忍な迫害者となりつつあった。その愚鈍らしい眼つきを眺めると、無闇にむかむか腹が立って来て、何とかこの子を虐《いじ》めてやりたいという猛悪な邪念が、絶ゆる隙なく胸に萌《きざ》した。ある朝玄一が例の如く胴忘《どわす》れをして俯向《うつむ》いていると、溜まらない憎らしさが込み上げて来て、

「馬鹿！」

と一と声叫ぶや否や、春之助は拳を固めて力まかせに憐れな少年の蟀谷《こめかみ》を衝《つ》いた。わッと言って、忽《たちま》ち玄一の死んだような目鼻立ちは活気を帯びて蠢《うご》めき出した。青褪《あおざ》めた顔色に珍しく血の気が漲《みなぎ》り、始めて生き生きとした声を放っておいおいと泣き出した。「一度この子を思うさま張り飛ばしてやろう。擲《なぐ》ったらどんな顔をして泣くだろう」と、疾《と》うから密かに企らんでいた春之助は、その時漸《ようよ》う望みを達してさも不思議そうに少年の表情を見守った。泣き声はいつまで立っても容易に静まらなかった。

「坊っちゃん、何をそんなにお泣きになるんですねえ！　いい加減になさらないとお母様に叱られます」

こう甲高に怒鳴りながら書生部屋へ駈け込んで来たのはお久である。主人の耳へも聞こえたかと思うと、さすがに春之助はぎくりとした。彼の眼つきには俄《にわ》かに狼狽《ろうばい》の色が仄《ほの》見《み》えた。

「ううんあのね、玄ちゃんがあんまり怠けてばかりいるもんだから、瀬川さんに叱られて打たれたんだよ。自分が悪くって泣いていたって仕様がないわ」

お鈴は春之助を弁解するように言った。

「お黙んなさいまし坊っちゃん！　そんならあなたがお悪いんじゃありませんか。お母様に知れようものなら、なおさらどんなお叱言が出るか分りませんよ」

お久は威丈高になって玄一を睨《にら》みつけた。

それ以来、春之助の苛《か》酷《こく》な行いはますます増長するばかりであった。小さな家庭教師は玄一のために小さな暴君と変じてしまった。あの可哀そうな少年がどういう訳であれほど憎らしいか、春之助は自分でもその理由を解するに苦しんだ。生意気で陰険な姉のお鈴と低能で臆病な弟の玄一とを並べて見るに、悪人よりも愚人の方がどうしても腹を立てるに都合よく出来上がっている。お鈴のこましゃくれた意地の悪い行動に接すると、春之助はむしろ不思議な共鳴を感じて、一向彼の女を憎む心は起こらない。然るに玄一に対する憎悪の情は、日を経るままに極端にまで走って行った。彼は毎日一遍ずつ虐めたり泣かせたりしないと、何だか楽しみが薄いような心地さえした。

「瀬川さん、あなたはこの頃なぜあんなに坊っちゃんを虐めるの。お可哀そうじゃありませんか」

ある晩春之助は台所でお辰につかまって、密かにこんな忠告を受けた。

「虐める訳じゃないけれど、あのくらいにしなかったらかえって奮発しないんだ。そりゃ私だって可哀そうだとは思っているさ。だが行く末のためを思って、わざと厳しい叱言を言うんだよ。今に私の親切が玄一さんにも分る時代が来るだろうぜ。私にしたってずいぶん辛い立ち場にいるんだから、それはお辰どんも察してくれそうなもんじゃないか」

「だって瀬川さん、いくら厳しくするからって、御主人の子供を擲《なぐ》るって法はありますまい。私は馬鹿だからむずかしい理窟は分らないけれど、何ぼ何でも道に外れたことだろうと思いますがねえ」

「まあまあ私にも考えがあるんだから、黙って見ていたらいいだろう」

春之助は相手の言葉が一々胸にこたえるだけ、余計お辰が癪に触って溜まらなかった。「下女の癖に生意気な」と、怒鳴り飛ばしてやりたいところを、強《し》いてにやにや笑いながらこう言い捨てた。

「考えがあるもないもんだ」お辰は急に眼を光らせて嘲るような句調で言った。「ねえ瀬川さん、あなたばかりはそんな曲がった人間じゃないだろうと思っていましたが、ほんとにこの頃じゃあまるで変わってしまったわね。奥様やお久どんの手先になって、おとなしい坊っちゃんを意地めたとこで何になるのですよ。……悧巧なようでもあなたはやっぱり子供だから、廻りに悪い人間が揃っていると、いつか知らその方へ引き擦り込まれてしまうんだわねえ」

どこまでもにたにた笑いで誤魔化していた春之助は、最後の一句にはっと打たれて、思わず憐れみを乞うようにお辰の顔を仰ぎ視た。愚かな飯焚きの下女の口からも、時に依っては権威ある言葉が自然に吐き出される。そう考えると春之助には、その晩のお辰の眼つきが学校の先生よりも恐ろしかった。

四五日過ぎてから、お辰は朋輩のお新のために何事か言附け口をされて、お町に散々叱言を喰った。

「お久どんは内で一番古いのだから威張るのも仕方がないけれど、お新の奴は一番憎らしい。年の若い癖に生意気で狡猾《こうかつ》で、主人に胡麻《ごま》を摺《す》るのが上手で、まあ何という悪党だろう。あんな奴は行く先どんな恐ろしい事を仕出来《しでか》すか知れやしない」

彼の女はこの間の恨みも忘れて春之助に同情を求めながら、例の如くめそめそと口惜し涙をこぼして泣いた。そうして、その夜のうちにそっと荷物を纏《まと》めて置いて、明くる日の朝早く、主人の家を無断で出奔した。

「ちょッ、お辰どんはまあ、いやな人だよ。あんな山出しにいて貰いたかあないんだから、出るなら出るで断わって行くがいいじゃあないか」

お新は下女の代りの来るまで、二三日飯焚きの辛い役目を背負わされて頻《しき》りと愚痴を並べ立てた。

「お辰どんは大分あなたの悪口を言って行きましたぜ。何しろああいう田舎者は、馬鹿で一国《いっこく》と来ているんだから、全く始末に困るなあ」

こう言って、春之助は爽やかに笑った。

六

久松学校の校長は、自分が将来を保証して井上の家へ周旋した神童の身の上に就《つ》いて、始終興味と責任とを感じているらしかった。

「どうですな、あの子は？　相変らず勉強しておりますかな。お蔭様で中学の方も大分成績がいいようですが……」

彼は折々小舟町の住居を訪れて主人に聞いた。

「いや、大変によく子供たちの面倒を見てくれるようです。家内も大きに喜んでおりますよ」

吉兵衛はいつも簡単にこう答えるだけであった。

「それはまことに結構ですが、どうもあの子は体が弱そうに思われるのでなあ。私はそればっかり心配しておりますよ。勉強もいいが、ちっと体を大切にして運動でもするように仰っしゃって下さい。体さえ丈夫なら、あの子はきっと物になれるのです」こう言って、校長は我が子のことを褒めるように得意の色を見せるのであった。

明くる年の正月、父の欽三郎が春之助をつれて御礼旁々《かたがた》校長の家へ年始に行くと、彼は非常によろこんでくれた。「時にお前はますます学校で評判がいいという噂だが、何より満足に思っています。私も実際世間へ対して鼻が高い。どうぞこれからも脇道へ外《そ》れずに立派な成功をして貰いたい。私はお前の身の上をお父様に受け合ってしまったのだから」と言って、頻《しき》りに春之助を励ました。間もなく三月の学年試験に、彼は再び未曾有《みぞう》の成績で首席を以って中学の二年級へ進級した。校長の鼻はいよいよ高くなるばかりであった。

「今度もまた瀬川が一番でした。平均点が九十八点という本校始まって以来の最高点です。綽々《しやくしやく》として余裕ありというのは瀬川のことでしょう」と、成績発表の当日に、主任の教師が教壇に立って讃嘆の声を挙げた。満場の生徒は目を円くして一斉に彼の姿を顧みた。

その時春之助はほっと安堵《あんど》の胸を撫《な》でて、何だか夢を見るような嬉しさに襲われた。彼は去年の秋の頃から、学校の授業を馬鹿にし切って、教科書などはほとんど一遍も浚《さら》ったことがなかったのである。教室にいる時でさえ、教師の眼を窃《ぬす》んで勝手に哲学の書物を繙《ひもと》いたり、独逸語の独学に耽ったりしていた。いよいよ試験が始まるという前の晩に、些《いささ》か心がかりになったので地理と博物の教科書を少しばかり調べにかかると、大分忘れたところを見付けて非道《ひど》く狼狽《ろうばい》させられた。四則応用の数学の答案も、あまり侮《あなど》り過ぎた結果、たしかに一題は計算を誤まったらしかった。とにかく彼は今度の試験に対して、今までのような確乎たる自信を持って光栄ある成績を期待する訳には行かなかったのである。どう贔屓目《ひいきめ》に考えても、今度ばかりは首席の名誉を維持することが出来なかろうと危ぶまれた。「たとえ一番でも下がったら、久松の校長さんはどんな顔をするだろう。親父は何と言うだろう」そう思うと春之助は無闇に気が揉《も》めて、顔から火の出るような恥ずかしさを覚えた。然《しか》るに意外なるかな彼の成績は、前学期にも優るほどの出来栄えなのである。ところどころ忘れていた地理と博物の採点を見ると、九十七点となっている。慥《たし》かに間違っていたはずの数学の点数が、不思議にも百点を与えられている。恐らく平生春之助の才気煥発《かんぱつ》に眩惑《げんわく》されていた教師の頭脳の中に、一種の催眠作用が行なわれたことは明らかで、彼の答案を始めから完璧《かんぺき》なものと過信してしまったに違いない。「こうしてみるととんとん拍子というものは実際世間にあることだ。己は何という幸運な人間だろう」――と、春之助は腹の中で私語することを禁じ得なかった。彼は又もや自分の運命の飽くまでも仕合せなことを信じたかった。「久松の校長も、井上の主人も、中学の教師も、世間の奴はみんな迂闊《うかつ》だ。己はどんな真似をしたって、あいつ等の信用を失う心配はない。己はあらゆる自由と我《わ》が儘《まま》とを先天的に許されているらしい。つまり己のようなのが天才なのだ。得手勝手な行いをして、それでも結局えらい人間になってしまうのだ」こう考えて来た時、春之助は今までにたった一人、彼の悪徳を観破して痛烈な攻撃を加えようとした炯眼《けいがん》な人間がいたことを思い出した。それは山出し女の飯焚きのお辰である。世間を挙げて春之助を神童と褒めたたえている中に、無教育な田舎生まれの下女の観察が、たまたま彼の仮面を剝《は》いだということは、いかに世の中が矛盾だらけで滅茶苦茶であるかを春之助の心の底に感銘させた。そうしてそのお辰の運命を見るがいい。生意気にも偉大な天才たる彼の行動に悪罵を注いだ愚鈍な女の末路を見るがいい。彼の女は周囲の人々に虐待されて、主人の家を逃亡してしまったではないか。「お前に刃向《はむか》うものはみんなあの通りになるのだ」――こんな囁きが、どこからともなく春之助の耳に聞こえた。

玄一も今度ばかりは幸いにして落第の憂き目を免れた。普通の子供ならもう中学へ入学すべき年配であるのを、「そんなに無理をさせない方がいいだろう」という校長の意見があって、とにかく高等四年を卒業するまで、小学校に蹈み止《とど》まることとなった。

「瀬川さん、お蔭様で及第いたしました。有難う存じます」

と、彼は春之助の前に畏まって、慇懃《いんぎん》な感謝の言葉を述べるように母親から命令された。吉兵衛までが馬鹿に機嫌のよいにこにこ顔で、

「よく瀬川さんにお礼を言うんだぞ。お前を及第させようと思って、瀬川さんはどのくらい骨を折ってくれたか分りゃしない」

こう言って、家庭教師の功労をたたえた。

しかし春之助は自ら反みて、玄一のために何一つ骨を折った覚えはなかった。忘れたと言っては罵《ののし》り、間違ったと言っては擲《なぐ》り、空恐ろしい悪虐の限りを儘《つ》くして、可憐なる恩人の子を泣かせ喚かせて、独り私《ひそ》かに興がっていたに過ぎなかった。その冷酷な鞭撻《べんたつ》が偶然にも一時の功を奏して、玄一は比較的好成績を得た訳である。そうして、春之助は熱心なる家庭教師として主人の感謝を贏《か》ち得たのである。ここでも再び、彼はつくづく自分の幸運と世の中の出鱈目《でたらめ》とを信じたかった。

「世の中は出鱈目である。自分は天才である」

彼はもう一度、この格言を心の底で繰り返した。

春之助は、主人夫婦の自分に対する信用がいよいよ篤《あつ》くなるのを感じた。令嬢のお鈴とは仲好しになる。お久やお新からは大事にされる。就中《なかんずく》夫人のお町は寵愛《ちょうあい》の度を通り越して、彼を自分の忠僕か何ぞのように取り扱う。子供たちの前でこそ、彼の女は春之助の名前を「さん」附けにするけれど、ややともすれば「瀬川々々」と呼び捨てにして、いろいろな細かい用達しまで命令するようになった。月の終りに銀行へ駈けつけて、恐らく夫人が秘密に溜めているらしい貯金の出し入れをする役目や、夫人の名義になっている二三軒の借賃の家賃を督促《とくそく》する役目や、その外彼の女が夫に内証で遣《や》り繰《く》りをする金銭物品の受け渡し、指輪や簪《かんざし》の宝石類を売り買いしたり、眼の飛び出るほど高価な衣類持ち物をそっと呉服屋へ注文したり、芸者時代の友達らしい待合芸者屋の女将《おかみ》たちと贈答したり、凡《す》べてそういう後ろ暗い用件の走り使いはいつの間にやら春之助の受け持ちと定められた。小さい家庭教師はそれを侮辱と知りながらも、三度に一度は必ず何等かの形式で与えられる報酬の味を忘れかねて、決して不愉快な気持ちにはなれなかった。夫人に取って容易《たやす》い些細《ささい》な心づけが、春之助にはどんなに嬉しくも有難くも感ぜられたことであろう。

「瀬川、これをお前さんに上げるから取ってお置きよ」

こう言って、夫人が象牙《ぞうげ》のような美しい手を伸べて、自ら春之助の掌《てのひら》へ温情の籠った恵みの品物を載せて呉《く》れるたびごとに、彼は我知らず勿体《もったい》なさに胸の時めくのを覚えた。或る時は舌のとろけるように旨《うま》いシュウクリイムを、一度に三つ四つ紙に包んで渡される。「これは少しばかりだが」と言って、五十銭銀貨を摑《つか》ませる場合もある。そんな時は報酬の少ない方で、折々セルの袴《はかま》を拵えてくれたり、上等のシャツを買ってくれたりする。春之助が未だ忘れられないのは、いつぞや学校から鎌倉へ遠足に行く際に、二円の小づかいとニッケルの懐中時計を貰った時の嬉しさである。この夫人のためならばどんな悪事でも働きかねないような、浅ましい了見が彼の胸の中にむらむらと萌すことさえあった。

或る意味に於いて、お久よりも春之助の方が夫人に対して重要な人物となった。女中たちは彼に一目《いちもく》も二目《にもく》も置かなければならなかった。彼のために奉公の悲しみは楽しみに変わった。もう春之助は、以前ほど薬研堀の両親の家を恋い慕わないようになった。たまたま想い出して尋ねて見ても、賑《にぎや》かな色彩のある小舟町の家に比べると、尾羽打ち枯らした親たちの無味乾燥な生活の惨《みじめ》さが鼻に附いて、とても長くはいたたまれなかった。

「何という淋しい、活気のない家だろう。こんな殺風景な空気の中に、自分はよく去年まで何等の不満足も感ぜずに生きていられたものだ」

そう思って彼は驚くことがあった。小舟町から薬研堀へ来ると、まるで明るい花園を出てうす暗い穴蔵の底へはいったような不愉快に襲われる。お久やお新が始終花やかに笑いどよめいている陽気な井上家の台所に引き換えて、そこには年老いた母親独《ひと》りがつまらなさそうに息を喘《あえ》がせて働いているばかり、父の顔にも母の顔にも生活を享楽しようとする慾求の影などは微塵《みじん》もない。彼等は井上家の女中達にすら劣った階級の、ただ盲目的に生きて行く愚鈍な人種ではなかろうかと訝しまれる。このような人種の男と女とが、自分の両親であるかと思えばそぞろに春之助は悲しかった。

継児《ままこ》の玄一は別物として、井上の家庭には一年中歓楽が充ち溢れている。昼間はほとんど毎日のように、琴の師匠と三味線の師匠が替る替る訪ねて来て、令嬢のお鈴を相手に音曲の響きを立てる。夜は毎晩料理屋を開業したような騒ぎをする。近頃は又ややともすると主人の吉兵衛がお町の絃《いと》で常磐津《ときわず》の喉を聞かせたり、お鈴の長唄で夫人が踊りをおどったり、家の中は俄《にわ》かに一段と賑かな光景を呈して来た。夫は堀留の道楽息子と呼ばれ、妻は芳町の源之助芸者と歌われた時代の、うら若い放蕩《ほうとう》の血が再び彼等夫婦の間に蘇生《よみがえ》って来たかのように、吉兵衛とお町とは現在の身を忘れて、奉公人や子供の手前も憚《はばか》らず酒色に溺《おぼ》れつつ馬鹿の限りを尽くすことが頻《ひん》繁《ぱん》になった。二階座敷の空気は料理屋よりもむしろ待合に近くなってしまった。お久はもとより、この節まで猫を冠《かぶ》って取り澄ましていたお新が、そういう席の座興を添えるのに達者な手腕を発揮し出した。或る晩お新は酒を飲まされて酔った揚句《あげく》にきゃっきゃっと笑い転げながら、夢中で立ち上がってお久の三味線で「おいとこそうだ」を踊り出した。主人もお町も手を打って喝采したが、「あの女には今まですっかり欺《だま》されていた。どうもお新はただ者じゃないらしい。おどりの手つきがなかなか巧者だから、田舎芸者か達磨《だるま》茶屋《ぢやや》*にでも奉公したことがあるのだろう」

そんな評判が、後でひそひそ囁《ささや》かれた。

半分は商人で半分は幇間《ほうかん》のような、お出入りの小間物屋、呉服屋、骨董《こっとう》屋などが、飯時を狙っては始終足繁く往来して、馬鹿の相手になっていた。彼等は商《あきな》いの有る無しをそっち除《の》けにして、家族の者と一緒になって飲んだり喰ったり唄ったりした。

そんな騒ぎの最中に、玄一と家庭教師の二人だけはいつも書生部屋に取り残されて、相変らず学科の復習に従事しなければならなかった。春之助が威儀を繕って玄一を叱り飛ばしている時、遥かな二階座敷からどっとばかりに気違いじみた笑い声が起こって、頓興な戯《ざ》れ言《ごと》や荒々しい足拍子が三味線の音に連れて洩れて来ることがたびたびあった。

「ああいつらはどんなに愉快なんだろう」

春之助の心は自《おのず》と花やかな騒ぎの方へ奪われがちであった。俗悪で贅沢で飽くことを知らぬ大人共の、傍若無人な振舞いに対する嫌悪と羨望と憤慨の情が、小さな家庭教師の胸に渦を巻いた。「何という愚かな人々であろう」そう考えるすぐ後から、日頃春之助を愛してくれる夫人や令嬢の、こういう折に限って彼を全く疎外する不公平な処置が、著しく心外に感ぜられた。子供を酒席へ侍《はべ》らせるのが悪いというなら、令嬢のお鈴にも遠慮させるがよい。「お鈴が何だ。なりが大きくて言葉つきが生意気だから大人の積りでいるかも知れないが、己よりたった一つ年上の十五じゃないか。頭の程度からいえばお鈴よりも己の方がずっと大人だ。あんな小娘に今のうちからあんな真似をさせるから、ろくな人間になれないのだ」と、彼は腹立たしげに呟きたかった。

「鈴子さん、この頃あなたはちっとも勉強なさらないようですね。騒いでばかりいらっしゃらないで、たまにはお稽古をなさい」

家庭教師は時々こんな忠告を試みて、令嬢の顔を恨《うら》めしそうに横眼で睨《にら》んだ。

「試験になったら勉強するわ。今のうちは優しい所ばっかりだから復習しなくっても大丈夫なのよ」

「そんなことを言って、試験の時にまごついても知りませんよ」

「よくってよ。お母様だって、不断からそんなに勉強しないでもいいって仰っしゃったわ」

お鈴はこう言ってまるきり歯牙《しが》にかけなかった。あまり執拗《しつよう》に春之助が心配すると、

「ええありがとありがと。分っててよ！」

と、面倒臭そうに突慳貪《つっけんどん》に言い放った。彼の女は小さい家庭教師が憐みを乞い縋《すが》るような、寂寞《せきばく》を訴えるような、悲しい眼つきをしているのをありありと読むことが出来た。そうして嘲るが如き微笑を浮かべて、勝ち誇った態度を示しつつ、さっさと二階座敷へ上がって行った。春之助はお鈴の生意気を憎むと同時にお久やお新が妬《ねた》ましかった。身分の低い女中の分際で、主人と一緒に夜な夜な宴楽に耽《ふけ》っているとは何事であろう。主人も主人なら家来も家来である。殊《こと》に彼が疳癪《かんしゃく》に触ったのは、いつも騒ぎが始まると女中たちまでさながら主人の友達のような気分になって、彼等自身が勤むべき用事を春之助に言いつける。

「ねえ奥さま、あんまり大声を出したので咽喉《のど》が乾いちまったから、水菓子を戴こうじゃございませんか。ちょいと瀬川さんに一とっ走り、買いに行って来て貰いましょう」

こんな風に彼等の一人が提議すると、お町もすぐに賛成する。家庭教師は授業中にも拘《かかわ》らず早速座敷へ呼びつけられて、何事かと思って鴨居際《しきいぎわ》に畏《かしこ》まると、

「あのね、ちょいと御苦労ですがね、横町の水菓子屋へ行って蜜柑《みかん》を一と箱買って来て下さい。お銭《あし》はここにありますよ。ほら!」

などと言いながら、お久やお新が後ろ向きに据《す》わったまま、あたかも家来に対するような横柄な顔つきで、一円札を放り出したりする。それでも彼は夫人の機嫌を損ねるのが恐ろしくて彼等の頤使《いし》に服従した。春之助は夫人の威力がいかに強く吉兵衛の意志を左右し、時に依っては本店の店員共の免黜《めんちゅつ》にまで干渉するかを、うすうす了解しているのであった。かりにも井上家の飯を食《は》む以上は、一旦お町に睨《にら》まれることがどれほどの不仕合

せであり、反対に彼の女から愛されることがどれほどの幸福であるかを呑《の》み込んでいなければならなかった。春之助はこの間まであれほど自分に専らであった夫人の寵愛が、口惜《くちお》しくも今は二人の女中等の手に奪い去られて、お久とお新との競争になってしまったことを、不安の眼を以って眺めずにはいられなかった。いつか一度は自分も夫人の寵愛を取り返して、競争仲間へ加わって見たいという下心が、自然と素振りに現われて、彼は何事を命ぜられても卑しい追従笑いをしながら夫人の顔色を窺った。

けれども夫人を始め歓楽に耽《ふけ》る大人どもは、どこまでも家庭教師を話相手にならぬ子供と軽んじて、容易に自分達の仲間へ加えようとはしてくれなかった。春之助は用件のある時ばかり重宝《ちょうほう》がられて、使いが済むといつも書生部屋へ追いこくられた。彼は腹立ち紛《まぎ》れに玄一を擲《なぐ》りつけて纔《わず》かに鬱憤《うっぷん》を晴らしていた。どうかすると、二階座敷の乱痴気騒ぎと火のつくような盛んな玄一の泣き声とが、一軒の内に相呼応して響き渡った。

七

いつになったら春之助は大人の数に入れられるのであろう。彼の眼に映る大人というものは、ただ彼よりも体格が大きいばかりで、別段優れた能力を持っている様子もないのに、彼等は勝手に美食を食い、美衣を纏《まと》い、奢侈《しゃし》安逸《あんいつ》な生活に浸って、いかがわしい冗談を語り合う特権を所有している。堕落の恐れあり、贅沢の嫌いありとして一般の少年に禁ぜられている諸種の行動が、大人にばかり許されているのは何故であろう。

春之助はこの頃になって特に彼等の服装に心を惹《ひ》かされた。苟《いやし》くも大人と名のつく連中は、身分の低い人間でも、大概一と揃いか二た揃いの絹物の衣服を用意している。お出入りの商人を始め本店の番頭や手代などが、紬《つむぎ》の羽織とか糸織の綿入とか、少なくとも絹糸のはいった余所《よそ》行《ゆ》きの晴れ着を所有していて、何かの機会にぞろりぞろりと着飾って歩く。その一枚の羽織の値段だけでさえ、春之助が持っている中学校の制服よりは高価らしい。第一不断着の衣類からして、彼等の着物と春之助の着物とは趣味の上に大変な相違がある。野暮くさい、久留米絣のぼてぼてした筒袖《つつそで》を纏《まと》って、真黒な唐縮緬の兵児《へこ》帯《おび》をしめて、その上へつんつるてんの小倉の袴を穿《は》かされる学生の服装に比較すると、大人のそれは遥かに優雅で美的である。まず鉄無地か渋い立縞の袷羽織に、同じような意気な縞柄の綿入を着て、献上の角帯に黒ずんだ荒い格子の前掛けを締める。見たところがいかにもいなせにすっきりとして、きちんと整っている。美男子も醜男《ぶおとこ》も同じように醜く見える学生の服装に引きかえて、まことに着栄えのする様式である。それから帯の間に挿《はさ》んでいる煙草入れとか、乃至《ないし》は柾目《まさめ》の通った下《げ》駄《た》の台とか鼻緒の模様とか凡《す》べて大人共の身に着けている細工物には案外金のかかった、意匠を凝らした美術品があって、その色合が非常にうまく服装と調和を保ち、春之助の眼に何ともいえぬ快感を起こさせる。彼がいかほど大人を軽蔑しようとしても、とにかく物質的に恐ろしく優勢な彼等の外見に圧迫されて、自分の方がかえって下らない人間のように思われて来る。

　まして主人の吉兵衛だの、お町だの、お鈴だのの贅沢に至っては、どのくらい彼の慾望を刺戟するか分らない。吉兵衛が毎晩風呂へはいってから着物の上へ引掛ける派手な弁慶縞のお召のどてらがある。芸者時代に着古した夫人の不断着を拵え直したものであるが、それにくるまって酒を飲みながらあぐらを搔《か》いている吉兵衛の風情は、馬鹿になまめかしく芝居じみていた。あのどてらを一遍でもいいから自分の肩へ着けて見たいと春之助は思った。電燈の明りに照り映えて、底光りのするように品よく輝いているお召しという絹物の地質が、彼には溜まらなく高尚に艶麗《えんれい》に見えた。その外やれお花見だの芝居見物だのといって外出するたびごとに、盛装を凝《こ》らす夫人や令嬢の衣裳持ち物には、全くふるえ附くように花やかな、精巧を極めた貴重品の数々がある。彼の女等は平生から一枚の浴衣《ゆかた》を作るにも、一足の足袋《たび》を誂《あつら》えるにも、自分の容貌姿態にはいかなる線状色彩の配合が最も適当しているかを充分に会得していて、厳格な吟味を経てから始めて撰択《せんたく》するらしく、一とたび彼の女等のしなやかな手足に巻き着いた物は、帯でも半襟でも指輪でも羽織の紐《ひも》でも、俄《にわ》かに媚《こ》びを競って不思議な魅力を発揮する。そうして或る時は貴婦人の微行姿のように、或る時は芸者か半玉の遊山姿のように、時に臨み場合に応じて彼の女等は自分の体へさまざまな情味ある変化を行うべく、巧妙に装飾品を駆使することを知っている。

「ええ近頃はこういった品が大分はやって参りましたが、奥様にいかがでございましょう」

こんなことを言って、後から後からいろいろな物を売り付けようとする出入りの商人の口上を、春之助は急に熱心に傾聴するようになった。

「おおいい柄だこと！　まあなんて意気な柄でしょう。ねえ奥様、これはきっとお似合いになりますよ」

などと、お久やお新が商人の口車に載せられて、反物をいじくり廻して品評する光景を春之助は遠くの方から窃《ぬす》み視《み》て密かに耳を欹《そばだ》てるようになった。緞子《どんす》の丸帯を一本拵えるのに大凡《おおよ》そどれほどの金がかかるとか、お召しの反物の時価が一反でどのくらいするとか、そういうことを彼は知らず知らず心に止めて覚えてしまった。今月はお町が八十円の指輪を買った、お鈴が真珠の短鎖《たんぐさり》を拵えた、などという風に胸の中で数え上げることを怠らなかった。

商人たちは品物を売り付ける以外に、大概四方山《よもやま》の世間話を面白おかしく語り聞かせる技量に秀いでていた。彼等が主人夫婦の座敷に伺候して、女中共にまで愛嬌を振り蒔《ま》きながら、駄洒落《だじゃれ》まじりに花柳界の噂だの役者の評判だのを暇にあかしてしゃべり続ける呑気《のんき》な様子を、蔭で聞いていると、春之助もつい釣り込まれて一緒に笑い出すことがあった。こういう話術を心得ていて、毎日毎日お得意先の金持ちや芸者屋などを歩き廻って、女子供に持て囃されおかしがられる境遇は、無味乾燥な、寂寞たる家庭教師の身の上にくらべるとどれほど愉快なものであろう。彼等は心中に何等の不平も煩悶《はんもん》もなく、しかも月々相応に豊かな収入を得て、狂言の変り目には芝居へ行ったり、欲しいと思えばしゃれた着物を拵えて見たり、かくて一生を楽しく穏やかに送って行く。彼等のようなのが本当に人間らしい、幸福な生涯であるかも知れぬ。春之助は机に向かってコツコツと哲学の書を読み耽《ふけ》るよりも、彼等の興味ある浮世話に耳を傾けた方が、遥かに暖かい人間の真諦《しんてい》に触れて、世の中に対する深い愛着の湧き出《い》ずるのを覚えた。彼は今まで、自分があんまり実世間から遠ざかって、大人という者を侮《あなど》り過ぎていたことを発見した。

十五歳になった年の正月、水天宮の縁日の晩であった。春之助は両親の家へ年始に行った帰り路《みち》に、人形町の夜店をうろついて、とある古道具屋から破《こわ》れかかった懐中鏡の安いのを買って来た。彼は密《ひそ》かにその鏡を書生部屋の本箱の抽出しへ隠して置いて、時々人目を盗みながら日に何回となく自分の容貌を映して見た。幼い折から神童と呼ばれ、天才と歌われて、仕合せな運命に感謝していた春之助も、鏡に対して自分の目鼻立ちを眺めることを覚えてから、急に人知れぬ悲しみを抱くようになった。彼は自分の容貌がいかに醜いかということを、最近まで気が付かずにいたのである。また、醜い容貌を持って生まれた人間が、いかに恥ずべく憐れむべきかを、この頃になって始めて痛切に感じ出したのである。つくづくと自分の顔を真正面から凝視すると、彼は溜まらない腹立たしさに駆られて、思わず鏡を叩きつけてしまいたくなった。恐ろしくきめの粗い、病人のように青ざめた皮膚の色、行儀悪く出っ張った頰骨、若白毛《わかしらが》の沢山交じった縮れた髪の毛、鼻の下から猿のように飛び出した上顎《うわあご》、おまけに不揃いな乱杭歯《らんぐいば》――まあ何という真暗な、でこぼこした輪廓であろう。彼は鏡を横にしたり、斜めにしたり、上へ向けたり、下へ向けたり、いろいろにして映して見たが、どの方面から眺めても自分の姿には何等の美観をも見出《みいだ》すことが出来なかった。馬鹿と言われる玄一ですら、彼に比べれば非常によく整った、充分に美点のある容貌を具《そな》えている。中学校の同級生にも彼より劣った男振りの少年は一人もいない。堀留の本店の小僧などには、どうかすると女にしても見まほしい水際立った美少年がある。天は春之助にかくまで秀《すぐ》れた脳髄を恵みながら、どうしてこんな情ない容貌を賦与《ふよ》したのであろう。

春之助は、母のお牧が嫁入り時代には町内一の小町娘と讃《たた》えられた、評判の美人であったという話を嘗《かつ》て人伝《ひとづて》に聞いた覚えがある。現在でも彼の女の目鼻立ちはどこやら品のよい所があって、娘時代の俤《おもかげ》を留めている。父の欽三郎にしても、貧にやつれているとはいえ、若い頃には十人並の男前であったことを想像するに難くはない。彼はこの両親の間に生まれた息子でありながら、どうしてこんな醜男《ぶおとこ》であろうと訝《いぶか》らずにはいられなかった。ふと、春之助は幼い時分に、

「春ちゃんや、お前さんの鼻ッつきはお母さんにそっくりだから、今にいい男におなりだろうよ」

こう言って、自分を膝の上へ抱き上げながら頭を撫《な》でてくれた親戚の叔母の言葉を想い起こした。何でもそれはまだ小学校へはいらない以前の漸《ようや》く物心のついた五つか六つ頃のことであったろう。「今にいい男になる」

という占いが、それほど将来の運命に至大な影響を及ぼそうとは知るよしもなく、彼は好い加減に聞き流してしまったものの、今日になって考え合わせれば、叔母の予言のあまりに甚《はなは》だしく外れてしまったのが恨めしくも口惜しかった。遠い過去の追憶を辿《たど》って見ると、彼の美貌《びぼう》を予言したのは強《あなが》ち叔母ばかりではないようである。やっぱりその頃、母の所へ出入りする馴染《なじみ》の女髪結が、「お宅の坊っちゃんのようなお綺麗《きれい》な子供衆は、どちら様へ伺っても全くありゃあいたしませんよ。ほんとにまあ、眼つきから鼻つきがお母さんにそっくりで、まるで人形のようでいらっしゃる」と、口を極めて褒めたたえたことを、彼は微《かす》かな夢の如くに覚えている。そうして見るとあの時分には、彼もたしかに美しい容貌を持っていたに違いない。少なくとも好男子となる可《べ》き要素を備えていたのであろう。天は春之助に優秀な頭脳を恵んだばかりでなく、正しく端正な目鼻立ちをも頒《わか》ち与えた訳であるのに、それ等の「要素」は抑《そもそ》もいつの間に彼の容貌から消え失せて行ったのであろう。

せめては要素の幾部分なりとも、どこかしらにその痕跡を残していそうなものであると思い返して、春之助は更に熱心に自分の顔を検査して見ることがあった。なるほど仔細に吟味すると、気のせいか知らぬが彼の鼻つきは母親のそれに似ていただけあって、そんなに不恰好な形ではない。肉づきも尋常で高さも普通で、顔中の造作のうちでは一番完全に近い代物《しろもの》である。眼つきもかなりぱっちりしていて、母親のように冴《さ》えてはいないが、何となく愛嬌のある悧《り》巧《こう》そうな輝きを持っている。口もとにしたところで歯ならびこそ悪いけれど唇を閉じてさえいれば欠点は少しもない。かえって一種の人を惹きつける特長があるようにまで思われる。こうして見ると、眼でも鼻でも唇でも、一つ一つの形状はまんざら醜くもないのである。たしかに美貌の要素だけは備わっているらしい。ただ、それ等の要素が伸び伸びと発達すべき少年時代に、過度の勉強と貧乏な境遇とが不自然な迫害を加えて、芽を吹き出そうとする生長の力を中途で阻《はば》んでしまったため、風霜に打たれた花の蕾《つぼみ》のように、無惨にも彼の輪廓は畸《き》形《けい》的《てき》に押し歪《ゆが》められてしまったのである。春之助は今でも自分の顔の中に、外界の圧迫から来た打撃の痕を歴々と認めることが出来るように思った。元来ならばもっと威勢よく、鷹揚《おうよう》に伸びて行くはずのものが、妙にいじけてせせこましく固《かた》まって、あたかも佝僂《せむし》の背中の如く縮んでしまったらしい哀れさが、目鼻立ちのあらゆる部分に現われている。眼はハッキリと開きながら何となく陰鬱な、世を拗《す》ねたような僻《ひが》んだ色を湛え、鼻は高く秀いでながら変に貧相な、見すぼらしい感じを与え、口もとに一種の美点のあったのがいつの間にやら歯ならびが乱れて飛び出して来たために、今では恐ろしく破壊し尽くされている。そうして、痩せ衰えた両頬の肉の下から方々へ骨が突き出て、激しい凹凸と陰影を作って、全く猿のような不均斉な、輪廓と化してしまっている。殊《こと》に驚かれるのはこの頃の活気のない彼の血色である。路傍に佇《たたず》んで道行く人に合力を乞うている乞食非人の輩《やから》でも、彼にくらべればいくらか生き生きとした色つやを持っているだろう。「ああ、自分はなぜ花やかな少年時代を、世間の子供たちと同じように無邪気に遊び戯れて送らなかったのであろう。野に出でて歌い、川に出でて漁《すなど》り、嬉々《きき》として春の日の長きを忘れるような、天真爛漫《てんしんらんまん》な少年時代を、自分はなぜあのように佗《わ》びしくひねくれて過ごしてしまったのであろう。ひたすら神童の名誉が得たさに、机に倚《よ》り書を繙《ひもと》いて生意気がっていた天罰が、今や自分の肉体に報い来て、醜く萎れた容貌を持つ男となってしまったのである」――そう考えると、春之助の眼には自然と悔恨の涙が湧き出ずるのであった。彼はこれまでに先輩の人々から、幾度か「体育を重んぜよ」という忠告を受けた覚えがあった。活潑な戸外運動を試みて、身体を練磨するように教え諭《さと》されたことも一再ではなかった。けれども彼はそれ等の意見を気にも止めずにただただ哲学の研究に没頭していたのである。肉体を軽んずるということが、後来これほどの恨みを齎《もたら》し、悔を生ずるであろうとは、彼は夢想だもしなかったのである。

「己はまだ十五歳の少年だ。何も今から落胆するには及ばない」

俄《にわ》かにこんな奮発心を起こして、彼は折々学校の運動家の群に投じて見ようとすることがあった。するといたずら好きな運動家の連中は「聖人がテニスを始めた」「瀬川がボールをやっている」などと言って手を打って嘲笑した。実際こういう遊戯に対する春之助の智能と技術とは、我ながら呆れ返るほど拙劣であった。彼が三年級になった年から、機械体操と撃剣とが新たに必修科目として科せられたが、「聖人の瀬川」は学問に於《お》いて抜群であると同時に、運動に於いて甚《はなは》だしく低能であることを衆人の前に曝露《ばくろ》した。彼は「足かけ」をするにも、二人がかりで臀《しり》だの足だのを下から押し上げて貰わなければ、自分の力で自分の体を鉄棒《かなぼう》の上へ持って行くことが出来なかった。機械体操の時間に、いつも瀬川の番になると二人の生徒と教師とが手伝いをして大汗を掻《か》いた。三人がかりで首を捉《とら》え手を捉え、腰を支えつつ顫《ふる》えわななく春之助を無理やりに棚の上へ突き上げてやることなどもあった。それでもどうかすると、真《ま》っ倒《さかさ》まに鉄棒や棚の上から転がり落ちて、銀砂の中へ顔をめり込ませ、鼻血を出すやら唇を切るやら、眼を白黒して起き上がったりした。並みいる生徒一同はこの珍妙なる

光景に腹をかかえて笑いどよめいた。軍曹上りの意地の悪い体操の教師は、冷ややかに彼の様子を眺めながら、

「何だ意気地なしめ、お前の体はまるで片輪だな」

こう言って口汚く罵《ののし》った。学校中の教師のうちで、ただひとりこの軍曹上りの教師ばかりが、春之助に毒舌を向けることを知っていた。彼は「聖人の瀬川」を尊敬すべき所以《ゆえん》を解さなかった。未来のキリスト、未来の釈迦を以って自任する神童に対して、彼は常に野蛮なる迫害者であった。

春之助はこの軍曹上りにいじめられて、遂には大瑕我《おおけが》を身に負うて死にはしないかと案ぜられた。或る時彼は並行棒の頂辺《てっぺん》から跳び下りを命ぜられ、いやというほど背骨を打って、したたか銀砂を喰《くら》ったまま暫《しばら》く悶絶《もんぜつ》したことがあった。彼がようよう我に復《かえ》って茫然《ぼうぜん》と眼を見開いた時、運動場中の生徒等の一度にわッと笑い出した声が、纔《わず》かに意識の恢復《かいふく》しかかった彼の耳へさながら鬨《とき》の声のように響いた。

「何を貴様たちは嘲るのだ。こんな軽業《かるわざ》見たいな芸当は出来なくっても、

己には偉大な天才があるんだぞ。己のえらい所は貴様たちのような凡人には分らないのだ」

彼は腹の中で負惜しみを言いながら、無理にも自分を慰めねばならなかった。「天才は凡《す》べて片輪である。諸方面の能力が円満に発達していたら、己は凡人になってしまうのだ」こういう自負心がだんだん募って来るに従い、陽に運動家を軽侮《けいぶ》しつつ陰には彼等を恐れ羨んだ。天気の好い日、ボールやテニスの選手と呼ばれる連中が校庭のグラウンドに立ち、瀟洒《しょうしゃ》たる運動服を身に纏《まと》って壮快な遊戯に耽《ふけ》っている光景を、遠くの方から臆病らしく眺めやる春之助の胸には、淋しく生まれ淋しく育った自己の運命に対する呪詛《じゅそ》と絶望の念が、涙を誘うように湧き上がった。

どこまでも意地の悪い、いたずら好きな運命の神は春之助の醜い容貌をいやが上にも醜くすべく毒手を振っているように思われた。彼の顔にはいつの間にやら皰《にきび》というものが出来始めて、日を重ね月を経るままにそれが一面に蔓延《まんえん》した。額といわず頬といわず頤《あご》といわず、あらゆる空地に豆のような大きさの腫物《はれもの》がぎっしりと詰まって、しまいには頸の方へまで繁殖した。彼が毎日鏡を見る度数はますます頻繁になった。朝、蒲団の中で眼をさますとすぐ春之助は皰の数が気になって、早速顔を映して見る。いつまで立っても腫物は一向衰えて行きそうな様子がなかった。かえって、昨日の朝には消えかかっていた皰と皰の隙間から、新鮮な真紅な色をした塊が角《つの》の如く凸出して、毒々しく脹れ上がっていたりする。総体に青褪《あおざ》めた、活気のない面色の中に、新しい皰ばかりが恐ろしく威勢のいい血の色を漲《みなぎ》らせて、一杯に膿《うみ》を湛えて、窓からさし込む朝の日光にてらてらと照り映えている。

「どうだ、なかなか立派だろう。お前の顔があんまり見すぼらし過ぎるから、己は当分飾りになってやるためにここへ出たのだ。お前は己を誰だと思う。悪魔の使だぞ」

こんなことを言って、皰がからからと嗤《わら》っているように感ぜられた。実際春之助は、この忌《い》ま忌《い》ましい皰の勢いを眼に見えぬ悪魔の仕業《しわざ》として呪《のろ》わずにはいられなかった。ちょうど犬に咬《か》まれた人間が赫怒《かくど》してその獣を追い廻すように、彼はカッとなってなおも鏡を視つめたまま皰の頭を力まかせに圧し潰そうとする。皰は圧されれば圧されるほど膿を湛えて膨れ上がって来て、四五日の間彼を翻弄《ほんろう》する。そうしていよいよてかてかといよいよ毒々しく充分に熟し切ってから、漸く彼の爪の下に潰《つい》え、ぶっつりと破裂して、真白な脂肪の塊を弾《はじ》き出す。潰れた痕《あと》は更に一層醜く爛《ただ》れて、二た目と見られないように皮膚の組織が滅茶滅茶に搔《か》き破《こわ》された。彼の顔中は全くこれ等の皰の残骸《ざんがい》に埋まって、あたかも実を喰い漁った玉蜀黍《とうもろこし》の心《しん》の如くになってしまった。

春之助は夫人の使いで折々芳町辺の狭斜の巷《ちまた》を訪問するたびごとに、芸者や半玉と称する女たちに接近して、彼等と簡単な挨拶を交わす機会を持っていた。彼は醜い自分の姿に引き換えて、世にも珍しい、浄《きよ》く貴い容貌と姿態とを具備する人間が、いかに多勢その一廓に集まっているかを知った。秘めやかな新道《しんみち》の両側にただよう御神燈のうす明り、見るから意気な、小鳥の籠のような細格子の家並み——そういう空気と情調の中に朝夕を送っているうら若い婦人共の研《みが》きに研いた明眸皓歯《めいぼうこうし》をまざまざと見せられる時、春之助は自分の身の上を獣の如く卑しみ疎《うと》んじた。等しくこの世に人間として生を受けながら、彼等と自分とは何故かくまで違うのであろう。皰《にきび》は愚か一点の汚れのない、瑠璃《るり》のように滑らかな肌の色といい、水の如く柔らかな絹物の衣裳の下から、なよなよと匂いこぼれる手足の肉の婀娜《あだ》っぽさといい、彼等の体の到るところに溢れ輝く「美」の表現の豊かさを眺めれば、さながら美しい一篇の詩を読むような夢心地へ引き入れられる。まことに彼等の肉体は生きた詩であり、生きた宝玉であった。それだのに春之助の姿はまあどうであろう。彼と彼等とは肉体を形成する物質の組織と成分とが根柢から異なっているらしかった。神が彼等を造るのに宇宙の面《おもて》に浮き上がる清澄な精気を以って固めたとすれば、春之助の体は底に澱《よど》んだ糞土《ふんど》を以って作られたのではあるまいかと訝しまれた。

「御免下さい。私は小舟町の井上から参りましたが……」

こう言いながら例の細格子を明けて、彼等の住居を訪れる少年の眼つきには、日頃の誇りも自負心もなく、門前に物乞いをする宿無し男のようであった。

「まあ何という薄汚い子供だろう」

美しい女たちは密かに自分の様子を窃《ぬす》み視《み》て、﨟《ろう》たけた眉根を寄せながらこんなことを呟いてはいないだろうかと、春之助は常に我ながら気が怯《おび》えた。畳の上に一匹の毛虫が這い込んでさえ忽《たちま》ち、きゃしゃな体を顫《ふる》わせて恐れ戦《おのの》く女たちである。もしもこの少年が井上の奥さんの使者であると知らなかったら、あの女たちは彼に向かってどんな取り扱いをするだろう。

「一体お前さんは何者だい。ここはお前のようなぼろ書生の来る所じゃないんだよ。気味が悪いから早く彼方《あっち》へ出て行っておくれ」

と、彼等は頭から突慳貪《つっけんどん》に怒鳴《どな》りつけはしないであろうか。たとえどれほど口汚く怒鳴られても、春之助は自ら顧みてそれを憤慨するだけの勇気は出ないはずである。いかにも彼等の忌憚《きたん》する通り、自分は醜いぼろ書生に違いない。そう考えると彼は消え入るような恥ずかしさを覚えた。

夕方、燈火のつく頃などに訪問すると、彼等は四五台の鏡台の前にずらりと居並んで、湯上りの背すじへ眼のさめるような電燈の明りを浴びながら、惜し気もなく両肌《もろはだ》を袒《ぬ》いで化粧していることがあった。傍の衣紋竹《えもんだけ》には、燃えたつばかりな友禅の長襦袢《ながじゆばん》が、魂のある物のようになまめかしく垂れ下がっていたりした。その縮緬の優婉《ゆうえん》な地質が、やがてあの女たちの玉の肌《はだえ》へ絡《から》み纏《まつ》わる刹那《せつな》を思うと、春之助はあまりの美しさに戦慄《せんりつ》した。

半玉と呼ばれる女たちは、大概彼と同じくらいの年齢の者が多かった。小さな家庭教師が哀れな筒袖の木綿の着物を着せられているにも拘《かかわ》らず、その少女等は大人も及ばぬ贅沢を 恣《ほしいまま》 にして、高価な衣裳を自由に着飾る境遇にいるらしかった。彼等は元来春之助と同じように、卑しく貧しい家に生まれた子供でありながら、たまたま美しい容貌を持っていたために花やかな色里の芸者の仲間に選ばれて、年中あのような贅沢と自由とを許されているのである。天才の人間に小児と大人の区別がないとしたら、美貌の婦女にも年齢の差違を設ける理由はない。あの少女等は美しきが故に大人と等しい凡《す》べての享楽を与えられている。奢侈《しゃし》も生意気も恋も虚言も、「美しきが故に」彼等は実行の特権を持っている。彼等の手管に欺かれるのは欺かれる者の愚かである。彼等の恋に惑溺《わくでき》するのは溺れる者の罪である。「あらゆる悪事が美貌の女に許されなければならない」――春之助は自然とそういう風な考えに導かれて行った。

鮑は春之助の肉体に祟《たた》るばかりでなく、彼が唯一の誇りとしている鋭敏にして聡明な頭脳の光をも曇らせて行くようであった。あの浅ましい腫れ物が出来始めてから、彼は次第々々に倦怠《けんたい》を感じ疲労を覚えるようになった。以前のように夜遅くまで勉強していると、すぐにうとうと眠けを催して気根が朦朧《もうろう》と鈍ってしまい、本を読んでもさっぱり意味が分らない。どうかすると昼間学校の教室にいる時ですらデスクに凭《もた》れたまま前後不覚に夢を見ていることとさえあった。

「おい、おい、聖人が居睡りをしているぜ」

こう言って、生徒たちは眼ひき袖ひき囁き交した。教師は彼の睡《ねむ》がりを、主人の家で追い使われる結果であろうと同情して、わざと知らぬ体を装ったが、それでもむずかしい問題などが提出されて、外の生徒等の手に負えぬ時は、

「瀬川、これを答えてごらんなさい」

と、微笑を含みながら声をかけて呼びさました。春之助はハッと驚いて立ち上がりつつ眼を擦《こす》り擦り黒板の問題を凝視すること一二分、忽《たちま》ちさしもの難問題を解釈し得て明瞭な答えをするのが常であった。「睡っていても彼奴はやっぱりよく出来る」と言って、人々は更に神童の奇蹟を褒めたたえた。

「腐っても鯛《たい》という諺《ことわざ》がある。生まれながらの天才は未だ己の頭の中に閃《ひら》めいていると見える。この塩梅だと、世間の凡人どもはいつまで立っても己を追い越すことは出来ない。彼等は永久に己を非凡の神童として讃嘆するばかりなのだ」

こう思って春之助は又もや安心の胸を撫《な》でおろした。少しばかり懶惰《らんだ》になり愚鈍になっても、彼と凡人との頭脳の働きには、先天的に踰《こ》ゆべからざる巨大な径庭《けいてい》があるらしかった。やがて十五の歳の冬が暮れて明くる年の三月の学年試験にも、彼は依然として首席の月桂冠《げっけいかん》を占めたのであった。

彼は既に中学の四年生である。再来年《さらいねん》、十八歳の春には首尾よく五年級を卒業して、かねての望み通り高等学校の文科へ入学する手筈《てはず》である。彼がまだ小学校にいた時分、幼い胸に明け暮れ描いていた夢のような計画は、とにもかくにも今日のところまでは予想の如く進捗《しんちょく》して来た。心配なのはこれから先の実現である。その計画に従えば、高等学校を卒業して大学の哲学科へはいる頃、二十歳《はたち》前後の年齢に到達するまでに彼は充分修養の功を積み、いよいよ偉大なる宗教家となって人格の光を世に輝かす積りであった。これが果して予期に違《たが》わず進捗するであろうか。路は登るに随って漸くますます嶮《けわ》しくますますます遠い。春之助は今や方《まさ》に精根を消磨し切って困憊《こんぱい》を覚え始めたかの感がある。

彼の大好きな哲学書の耽読《たんどく》は、この頃になってだんだん速力が弛《ゆる》んで来た。「今度はあれを読まなければならぬ。いつ幾日《いくか》までに是非この本を読破してしまう必要がある」そう気が付いて申し訳的に書物を開き、申し訳的に眼を通しても、常に睡気を催すばかりで何一つ頭に残っていない。殊《こと》に近来記憶力の衰えたことは私《ひそ》かに驚くばかりである。一遍小耳へ挟んだら未《いま》だ嘗《かつ》て忘れたことのないと言われた自慢の脳髄が、無残にも空洞《うつろ》のように涸《か》れ果ててしまったらしく、ペエジの字面を睨《にら》みつけて一生懸命に気力を集注していながら、五六行読む間にすぐ前の記事を忘れている。それのみならず、最初からしッかりと文章の意味を心の底に刻み付ける能力さえも失っている。こんな工合で、この後到底彼の学識は一歩たりとも進歩しそうに思われなかった。彼はせめても、幼少の時分からせっかく蛍雪の苦しみを重ねて今日までにいやが上にも覚え込んだ博大な智識の量を殖《ふ》やさぬまでも減らさぬように、頭の中へ厳重に封じ籠めて置きたかったが、それすら時々覚束《おぼつか》なく感ぜられたことがあった。脳の力の弛《ゆる》むにつれて、無理やりに圧搾されていた細かい智識の数々が、あたかも瓦斯《ガス》の発散する如く、隙を狙って次第々々に飛び散ってしまうらしかった。独逸語、英語などの単語を失念する度合の激しさは、一《ひ》と入《し》眼《お》に見えて彼の頭脳の衰頽を証拠立てるようであった。外国語の書物を読んでいる最中に、しばしば彼は極めて有り触れた、熟知していなければならないはずの言葉に出会って、どうしてもその意味が想い出せなかった。よんどころなく辞書を引いて、「なんだ馬鹿らしい、こんな文字を忘れるなんて」と腹立たしげに呟きながら荒々しく再び辞書を閉じてしまうと、どうしたものか今引いた字を忽ちけろりと忘れている。そんな時には忌ま忌ましいよりも恐ろしくなって、我知らず竦然《しょうぜん》とすることがあった。

「ああ、自分の天才はかくの如くにして結局滅茶々々に毀《こぼ》ち破られてしまうのであろうか」

彼は情なく傷つき倒れた自分の末路を、ありありと前途に望むことが出来るような心地がした。少なくとも彼が年来の目的であった聖者哲人の境涯は、遥か彼方《かなた》へ隔絶してしまったのである。醜い肉体の中に盛られた浄い精神はいつの間にやら外部の腐蝕《ふしょく》に感染して機能を滅却したのではあるまいかと想像された。

「どうして自分はこれほどまでに堕落してしまったのであろう。自分の頭脳は再び以前の活潑な働きを恢復《かいふく》することは出来ないのであろうか」

こう反問して見る時、春之助はいつも微かなる良心の囁きを聞いた。

「何をお前は空惚《そらとぼ》けているのだ。お前には堕落した原因も恢復の方法も立派に分っているはずだ。お前が意志を強くして、あの浅ましい慾望を制し、あの忌まわしい悪習慣を捨てさえすれば、いくらでも昔の神童に帰れるではないか。お前は自らを欺いているのだ」——良心の囁きが教える文句は常にこの通りであった。そのたびごとに春之助は奮然として己れの意志に鞭撻《むちう》ったが、彼の心身の奥深く喰い込んでしまった狂わしい悪習慣は、絶えず煩悩の炎を燃やして、直ちに彼を誘惑の底へ突き落とした。彼は自分の顔に夥《おびただ》しい皰《にきび》の出来るのも、終始睡けを催すのも、健忘性に襲われるのも、その原因は凡《す》べて自分が毎夜のように犯している恥ずべき罪悪の報いであることを、既に疾《と》うから心付いていた。あの恐ろしい悪習慣を禁ずることが出来さえすれば、昔のような玲瓏透徹《れいろうとうてつ》な頭脳の作用を取り戻すのは容易であると知っていた。知っていながら、ほとんど不可抗力を以って押し寄せる情慾の炎に巻き込まれて、彼は自分の運命を如何《いかん》とも左右することが出来ないようにあきらめてしまった。

生まれて始めて、ふとした機会から彼がその罪悪の楽しさを味わったのは、一年以上も前のことであった。ほどなく彼はそれが道徳上の罪悪であることを悟り、浅ましい所行である事をも察した。そうして、それが生理的にも如何ほど戦慄すべき害毒を齎《もたら》すかを感付いた頃には、もはや牢乎《ろうこ》として動かし難い習慣となっていたのであった。彼は無意識の間にお町夫人の容色を恋い慕い、令嬢鈴子の肉体に憧れた。芳町の新路へ使いにやられて、芸者や半玉の姿を見て来た晩などは、殊更《ことさら》幻の悪戯《いたずら》に悩まされ、餌《えさ》を嗅ぎつけた野獣のように悶え廻った。どうかすると彼は昼間でも便所へはいって三十分ぐらい顔を見せないことさえあった。

一日一日に骨を殺《そ》ぎ肉を虐《しいた》げて、傷ましく荒《すさ》んで行く心の痛手は眼に見えるように想われた。慣れれば慣れるほど犯罪の度数は頻繁になって、ほとんど毎日欠かさなかった。

「ああ、自分はいつになったら芳町の芸者のような美しい女を、実際自分の物として楽しむことが出来るのであろう。ことに依ったら浅ましい幻に満足して、この儘《まま》死んでしまうのではあるまいか」

そんな悲しみが始終彼の胸中を往来するようになった。自分はあのような美貌の女に恋い慕われる機会もなく、見すぼらしいぼろ書生として淋しい生涯を送るのではあるまいか。そう考えると彼は何物を犠牲にしても、せめて人並の生き生きした立派な男前になりたかった。もしも神様から「天才と美貌と孰《いず》れか一つを撰《えら》べ」と言われたら、彼は猶予なく後者を取るに違いなかった。

その要求の当然の帰結として、春之助には聖人の境地よりも俳優の身の上の方が遥かに羨ましく感ぜられて来た。彼はしばしば隙を偸《ぬす》んでは芝居の立見をするようになった。絢爛《けんらん》な舞台の上に艶麗な肉体を曝《さら》して、栄華と歓楽との錦《にしき》を織りなす劇場の空気の中に、夢のような月日を過ごして行く俳優の生活の花やかさを想うと彼は生きがいのない自分の命の惨めさを恨んだ。

或る晩、春之助は蒲団の中にもぐりながら、心を落ち着けて下のようなことを考えた――

「己は子供の時分に己惚《うぬぼ》れていたような純潔無垢《むく》な人間ではない。己は決して自分の中に宗教家的、もしくは哲学者的の素質を持っている人間ではない。己がそのような性格に見えたのは、とにかく一種の天才があって外の子供よりも凡べての方面に理解が著しく発達していた結果に過ぎない。己は禅僧のような枯淡な禁欲生活を送るにはあんまり意地が弱過ぎる。あんまり感性が鋭過ぎる。恐らく己は霊魂の不滅を説くよりも、人間の美を歌うために生まれて来た男に違いない。己はいまだに自分を凡人だと思うことは出来ぬ。己はどうしても天才を持っているような気がする。己が自分の本当の使命を自覚して、人間界の美を讃え、宴楽を歌えば、己の天才は真実の光を発揮するのだ」

そう思った時、春之助の前途には再び光明が輝き出したようであった。彼は明くる日から哲学の書類を我慢して通読するような愚かな真似をやめにした。彼は十一二歳の小児の頃の趣味に返って、詩と芸術とに没頭すべく決心した。

注釈

一四＊伊能忠敬《いのうただたか》　延享二年—文政元年（一七四五—一八一八）徳川中期の地理学者、測量家。通称三郎右衛門、隠居ののち勘解由《かげゆ》。上総《かずさ》山武郡小関村生まれ、下総《しもうさ》佐原の伊能家に入婿《むこ》、家運を回復し名主となったが数え五十歳で隠居、翌年江戸に出て天文研究に従った。地球の大を測ろうとして地図を作ろうと志し、寛政十二年（一八〇〇）六月奥州をへて蝦夷《えぞ》に入り、各地の測量に従って十二月江戸に帰る。引き続いて全国の沿岸測量に従事し前後十七年を費して全国の沿岸測量を終わった。「輿《よ》地全図」「実測録」の著書がある。

七三＊ウォルムスの会議　一五二一年のヴォルムス（Worms）の国会といわれるもの。マルチン・ルター（Martin Luther　一四八三—一五四六）の宗教改革運動が問題にされた。ルターは議会に召喚《しょうかん》され、審問され、思想の取り消しを要求されたが、それを拒否した。

一三〇＊達磨《だるま》茶屋《ぢやや》　達磨は売春婦の異称。下級売春婦をおく茶屋をいった。

（橋本芳一郎）

本書は、令和三年二月に小社より刊行した『刺青・少年・秘密』を底本に再編集したものです。なお本文中には、支那、魯鈍、低能、気違い、乞食非人、片輪など、今日の人権擁護の見地に照らして使うべきではない語句や、不適切な表現があります。しかしながら、作品全体を通じて差別を助長する意図はなく、執筆当時の時代背景や社会世相、また著者が故人であることを考慮の上、原文のままとしました。

（編集部）

100分間《ぶんかん》で楽《たの》しむ名作小説《めいさくしようせつ》

神《しん》童《どう》

谷《たに》崎《ざき》潤《じゆん》一《いち》郎《ろう》

令和6年 3月25日　初版発行
令和6年 6月15日　再版発行

発行者●山下直久

発行●株式会社KADOKAWA
〒102-8177　東京都千代田区富士見2-13-3
電話　0570-002-301（ナビダイヤル）

角川文庫 24083

印刷所●株式会社暁印刷
製本所●本間製本株式会社

表紙画●和田三造

●お問い合わせ
https://www.kadokawa.co.jp/（「お問い合わせ」へお進みください）
※内容によっては、お答えできない場合があります。
※サポートは日本国内のみとさせていただきます。
※Japanese text only

Printed in Japan
ISBN 978-4-04-114814-3　C0193

◇◇◇

角川文庫発刊に際して

角川源義

第二次世界大戦の敗北は、軍事力の敗北であった以上に、私たちの若い文化力の敗退であった。私たちの文化が戦争に対して如何に無力であり、単なるあだ花に過ぎなかったかを、私たちは身を以て体験し痛感した。西洋近代文化の摂取にとって、明治以後八十年の歳月は決して短かすぎたとは言えない。にもかかわらず、近代文化の伝統を確立し、自由な批判と柔軟な良識に富む文化層として自らを形成することに私たちは失敗して来た。そしてこれは、各層への文化の普及滲透を任務とする出版人の責任でもあった。

一九四五年以来、私たちは再び振出しに戻り、第一歩から踏み出すことを余儀なくされた。これは大きな不幸ではあるが、反面、これまでの混沌・未熟・歪曲の中にあった我が国の文化に秩序と確たる基礎を齎らすためには絶好の機会でもある。角川書店は、このような祖国の文化的危機にあたり、微力をも顧みず再建の礎石たるべき抱負と決意とをもって出発したが、ここに創立以来の念願を果すべく角川文庫を発刊する。これまで刊行されたあらゆる全集叢書文庫類の長所と短所とを検討し、古今東西の不朽の典籍を、良心的編集のもとに、廉価に、そして書架にふさわしい美本として、多くのひとびとに提供しようとする。しかし私たちは徒らに百科全書的な知識のジレッタントを作ることを目的とせず、あくまで祖国の文化に秩序と再建への道を示し、この文庫を角川書店の栄ある事業として、今後永久に継続発展せしめ、学芸と教養との殿堂として大成せんことを期したい。多くの読書子の愛情ある忠言と支持とによって、この希望と抱負とを完遂せしめられんことを願う。

一九四九年五月三日